Le Génie du cagibi

DU MÊME AUTEUR

Grâce à tout l'essaim, Books on Demand, 2024

Ah, darwinisme, quand tu nous tiens !, Books on Demand, 2024

(Sous le nom de Michel Robert)
La Grosse Marfa, Arléa, coll. « 1er mille », 2001

(Sous le pseudonyme de Michel Hauteville)
L'Enfant des forêts, Le Tripode, 2023

Un grand merci à Hélène Baticle d'être celle qui aura lu en premier…

Mai 2024

Michel Avincey

Le Génie du cagibi

roman

© 2024 Michel Avincey
Édition : BoD - Books on Demand, info@bod.fr
Impression : BoD – Books on Demand,
In de Tarpen 42, Norderstedt (Allemagne)
Impression à la demande
ISBN : 978-2-3225-2304-7
Dépôt légal : Juin 2024

Le Génie du cagibi

1

J'ai connu des mômes que la vie avait cabossés. Il y a bien longtemps déjà. À l'époque, je vivais au 42, rue Neuve-Bergère, rue dont l'appellation à consonance champêtre un rien chantante coïncidait mal avec le spectacle de ses rangées d'immeubles ternes comme de ses courettes tristes.

Les gamins en question étaient frères. Issus de la DDASS, cette institution nouvellement créée par le gouvernement. C'étaient des pupilles marqués du sceau de la honte – pensez donc : des petits gueux avec des accrocs pleins leurs pantalons de survêtement, l'odeur collante de leur indignité accrochée à leurs basques et, marquée sur leur visage, l'inutilité patente de leurs bouches à nourrir... Le voisinage ne les aimait pas. Il faut dire que des tours pendables, ils en ont commis plus d'un tout le temps qu'ils ont vécu là-bas – pas si longtemps que ça au demeurant – et même des sacrément salés, vous pouvez me croire...

Tom, le costaud, était l'aîné ; Nino, le plus sage du trio infernal, et Ben, à la jolie petite gueule d'ange fripon, le benjamin... Mauvais comme une teigne, affirmaient d'aucuns à son sujet. Beau comme Adonis en personne dans la prose fleurie de la mère Vaquier (rebaptisée « Va-Chier ! » par lesdits sales gamins), une des rares du quartier qui ne les détestait point. Peut-être ses quatre-vingts ans bien tassés égaraient-ils son jugement ? Toujours est-il que jamais la brave mamie ne se lassa de leur donner des *Vichy* ou des *Pastilles Valda*, les hélant depuis sa fenêtre ouverte sur la rue, au rez-de-chaussée, pour qu'ils viennent picorer dans son paquet de bonbecs, des friandises « de vieux » (selon leurs dires) que les affreux, tout sourire et tout miel, acceptaient pour aussitôt, une fois l'ancêtre retournée à ses chers canaris, les recracher dans le caniveau. Ils l'aimaient pourtant bien, « la vieille », mais elle n'était, à leurs yeux, qu'un personnage collatéral de leurs existences.

La pauvre grand-mère ne connaissait en fait d'eux que l'écume de leur histoire. Et moi, pour dire vrai, guère plus… Mais las ! qu'importe au bout du compte puisque tous les trois sont morts depuis belle lurette déjà ! Je ne fais en réalité que consigner l'histoire d'enfants défunts oubliés du commun des mortels. Oubliés dans les limbes du temps.

Paix à l'âme des chenapans ! Paix aux enfants morts dans la prime fleur de l'âge !

2

C'était l'époque où, de fil en aiguille, je m'étais insidieusement mis à les surveiller de près... pour la simple et bonne raison que j'avais du temps à tuer. Eh oui ! tel est le lot quotidien de tout chômeur désœuvré, qui plus est bloqué chez lui par un tout récent accident de moto. J'étais en effet en arrêt maladie quand ces petiots-là débarquèrent dans notre quartier.

Une fois le journal lu, les rares lettres de candidature expédiées (je briguais alors un poste de secrétaire de mairie), le frigo réassorti, un ou deux coups de fil passés et la promenade de Dudley effectuée (Dudley, mon chien féroce, un pékinois amputé d'une patte), j'avais tout le loisir d'occuper mon temps comme bon me semblait. Par conséquent, ma manière de vivre avait acquis ce tour « buissonnier » que prend invariablement toute existence libérée des obligations du travail...

Je note que si j'ai un jour pu m'intéresser à ces trois mômes-là, c'était dû à un pur hasard de circonstance : du fait que mon modeste atelier de bricoleur du dimanche jouxtait leur « turne » à eux (ainsi nommaient-ils cette ancienne remise à outils qui leur servait de refuge)... Il s'agissait d'un local minuscule au toit couvert de tuiles rouges, avec un sol en terre battue, muni d'une unique porte en planches de bois brut. Une lucarne, côté cour, donnait une lumière chiche à ce repaire de petites canailles. Ledit cabanon appartenait à monsieur et madame Drambour, la famille d'accueil des gamins... Et si je sais si bien décrire ce cagibi, c'est pour en avoir vu l'intérieur au moins une fois dans ma vie, un matin que j'étais allé emprunter une cisaille à ce type.

Le cabanon – j'y reviens encore – avait ceci de particulier que le mur mitoyen entre lui et mon atelier était percé d'une sorte de trou à ras du sol... Une grille obstruait néanmoins cet orifice, lui-même encombré par un maigre tampon de chiffon enfoncé jusqu'à la gueule, empêchant ainsi – j'imagine, en tout cas – le passage des chats ou autres bestioles entre les deux lieux... (Pourquoi ce genre de buse entre atelier et cabanon ? Ça, je ne l'ai jamais su.) Mais le fait est que, bien que bouché, le boyau n'en laissait pas moins les sons parvenir jusqu'à mon oreille ! ceci expliquant que j'aie ainsi pu intercepter les conversations des gamins.

Oui, un pur hasard, j'insiste là-dessus ! La toute première fois s'étant produite un jour d'ennui où je recollais une semelle de chaussure à la *Loctite Super Blue*, tassé sur une chaise empaillée à pattes raccourcies, assis donc à deux pas du conduit... Et là, voilà que j'entends des voix ! *Leurs voix*. La journée qu'ils venaient de passer étant l'objet de leur conversation. Il me suffisait de tendre l'oreille pour saisir très distinctement ce que se racontaient Tom, Nino et Ben... Afin de mieux les entendre, j'avais alors spontanément décroché en tapinois la grille pour retirer de derrière un peu du rempart de chiffe mêlée de paille qui l'obturait. Pourquoi cette envie de les espionner ? Sans doute à cause de l'amusement délicieux que procure toujours l'interception inopinée d'une conversation pas à soi-même destinée... interception d'autant plus excitante et délectable que l'ignorance de votre présence toute proche par les locuteurs eux-mêmes (locuteurs qui, eux, les innocents, *ne se doutent absolument de rien* !) vous émoustille tant et plus...

Les mômes étaient placés chez les Drambour depuis à peine deux mois que déjà tout le voisinage connaissait le catalogue de leurs bêtises : des carreaux cassés chez la mercière ; du chewing-gum dans la chevelure de la petite Perrotin, la fillette des buralistes du quartier ; un début d'incendie dans le bûcher des Perdiguier, un couple de vieux vivant au bout de la rue...

Je m'empresse d'ajouter ici que non, les petits filous ne vivaient pas leurs journées entières dehors, en sauvageons, comme pourrait le laisser accroire ce début de récit – oh ! que non ! au contraire ! puisque, à l'instar de tous les enfants du pays, ils passaient la majeure partie de leur temps entre les quatre murs de l'école publique... Mais c'est le soir ou pendant les congés scolaires surtout qu'ils se réunissaient dans leur cagibi pour se raconter leurs malheurs comme leurs joies. Pour manigancer leurs vilaines facéties également.

J'ai vite compris qu'en réalité, ce lieu était, à leurs yeux, un genre de refuge où ils aimaient se serrer les uns contre les autres, bien au chaud... car, de caresses de la part des Drambour, jamais – mais des claques, ah ça oui ! pour les corriger de leurs mauvaises manies surtout (même si on ne pouvait pas dire qu'ils étaient *stricto sensu* des « enfants battus » ; c'était la norme de l'époque, voilà tout). Ils étaient en revanche soumis à mille et une obligations régulières, comme sarcler les plates-bandes de géraniums devant leur maison, par exemple, ou encore dire leurs prières avant de s'endormir... Tel était leur menu quotidien. Un quotidien de mômes placés mais mal placés... L'indemnité de prise en charge – voilà ce qui comptait véritablement pour les Drambour. Famille d'accueil, pour ces gens-là, c'était avant tout une situation qui rapportait.

3

J'ai dit que je m'étais mis à les surveiller. C'est vrai. Je précise cependant que, dans la relativement brève période où j'ai été amené à les côtoyer, mon rôle a toujours été muet ; qu'à aucun moment, nul d'entre eux n'a jamais pu ni savoir ni même subodorer que je suivais les méandres de leurs vies au jour le jour, caché derrière mon mur (que j'étais, à leur insu, le dépositaire de leurs secrets les plus lourds)...

Mon « rôle » envers eux fut, en somme, celui d'un fantôme (mais d'un drôle de fantôme indétectable) ou encore celui d'un huissier de justice consignant leurs actes comme leurs paroles par écrit – car oui, vint assez vite le moment où je me mis à retranscrire leurs échanges sur papier ! – mais sans jamais interférer pour autant par des gestes concrets dans leur réalité... (Enfin, *presque* ! Mais je reviendrai là-dessus plus tard.) Pour ces enfants, quoi qu'il en soit, je n'ai donc jamais été que du silence qui écoutait des voix...

« Pourquoi cette attitude ? », me demanderez-vous... Pour tout dire, je l'ignore. Ces gamins m'intriguaient, voilà tout. Et peut-être était-ce aussi que j'avais peur qu'ils ne fuient leur cagibi s'ils surprenaient mes écoutes, me laissant alors *de facto* seul entre moi et moi-même ?... puisque tel était le véritable mobile qui me poussait à les épier, au fond : un fort besoin de me donner à autre chose qu'à moi-même... (Car, en effet, à l'époque, pas très heureux de l'existence que je menais, je ne savais pas encore comment me dépêtrer de ce sentiment pénible qu'être au monde n'est qu'ineptie et contrariétés.)

Les enfants m'auront sans doute simplement extrait du lent marasme dans lequel doucement je m'enfermais. Ils m'ont été un genre de bouée de secours.

Et puis si, dans un premier temps, j'ai d'abord agi avec cette espèce de légèreté à leur encontre, ce fut pour peu à peu me sentir investi, *malgré tout*, par une forme de responsabilité à leur égard dès lors que j'entrevis les dangers qui planaient au-dessus de leur tête.

Au point même que, certains soirs, un élan de compassion irrépressible venu du plus profond de mes tripes aurait bien voulu prendre le dessus en me poussant à leur révéler ma présence – mais en vain : la règle de la non-ingérence l'emportait toujours... Rien à faire. Spectre, j'étais – spectre, je demeurerais.

Sans doute ai-je été lâche.

Lâche comme quand Nino pleurait en racontant ses déboires avec Drambour (non pas Drambour « père » mais Drambour *frère*, le frangin de l'autre, le « tonton » du gamin, en quelque sorte – un sale type au regard huileux que je croisais parfois dans la rue)... Souvent, après avoir subi quelque brutalité de sa part, et sans doute pour se consoler, Nino, le plus tendre des trois, racontait alors ses malheurs aux deux autres avant de se mettre à chanter – la petite cantate de Barbara, par exemple :

Une petite cantate du bout des doigts
Obsédante et maladroite monte vers toi.

« Putasson » – ainsi avaient-ils rebaptisé l'autre crapule – Putasson avait encore sévi dans la journée.

Je consignais alors les événements de leur modeste quotidien dans un vieux carnet à spirale, tantôt le soir sur un coin de table dans ma cuisine, tantôt au moment même où ils se les racontaient, assis sur ma petite chaise, derrière le mur-confessionnal qui nous séparait. Me demandant à l'occasion ce qu'il convenait de faire. Irrésolu. Un peu perdu aussi. Jusqu'à ce que Dudley fasse des bruits, ses menus grognements agacés signifiant qu'il avait envie d'aller se coucher ; il fallait alors que j'y aille dare-dare. Ce chien ne souffrait point la contradiction. Je refermais alors le carnet avec regret. Demain serait un autre jour.

4

Les Drambour, d'après ce que j'avais pu glaner comme renseignements ici et là, étaient au bout du compte des gens tout ce qu'il y avait d'ordinaire. Ni vraiment Thénardier ni vraiment Lepic même si, comme je l'ai dit, ils voyaient en leur statut de famille d'accueil plus un genre de placement à long terme qu'un sacerdoce – nombreux, en effet, furent les gamins de l'Assistance Publique qui passèrent quelques mois sinon plusieurs années chez eux. Ils en eurent pour leur argent. Ça payait bien de s'occuper de mômes sans parents ou abandonnés par ces derniers.

Ils les nourrissaient à peu près correctement même si gratins de pâtes et patates en salade revenaient plus régulièrement sur la table que steaks hachés ou côtelettes de porc, habitudes alimentaires dont les petits n'avaient malgré tout pas l'air de souffrir ; cela dit, les Drambour mangeaient comme les enfants. Le dimanche, le poulet rôti trônait, comme il se doit, sur le dessous de plat ; la carpe en matelote les jours sans viande... Et également une bonne tournée de gaufres pour le contentement de tous à la Chandeleur. Il leur en fallait peu pour leur procurer un brin de plaisir.

En dehors de l'école, les Drambour laissaient en général les frangins libres de leurs faits et gestes. Un parfum patent de négligence émanait cependant de leurs vêtements (de la fripe défraîchie achetée au marché du coin) comme de leur chevelure mal taillée – par madame Drambour instituée coiffeuse en chef de la famille.

Germain Drambour était mécanicien dans un garage à moins d'un kilomètre de chez eux ; Janine, son épouse, femme au foyer. Préparation des repas, courses, lessives, repassage, ménage et autres ravaudages en tout genre remplissaient bien ses journées fatigantes. Ses passe-temps étaient simples : papoter avec les femmes du voisinage qui lui rendaient volontiers visite ; se vernir les ongles des doigts de pied – une coquetterie sottement coûteuse (selon son mari) mais qui l'affriolait pourtant au plus haut point une fois au lit – ou encore lire le magazine *Marie-Claire* devant une bonne tasse de café... mais une fois *toute seule*, cette tasse de café, sans « ses » hommes pour la déranger, ces derniers étant partis, tous requis par leurs propres activités... Parce qu'elle les aimait, ces moments de paix qui lui faisaient du bien. Elle en avait besoin. Elle appréciait, en outre, les horoscopes comme la lecture des lignes de sa main par son amie Anita ... « Anita, la "tite" feignasse », comme l'appelait parfois Germain sans aménité – cette bonne copine de sa femme n'étant, selon lui, qu'une poule qui passait son temps à se maquiller sans avoir, *elle*, de maison à tenir, à l'inverse de sa Janine. Savoir que Raymond Sintès, son ancien pote de régiment, entretenait la belle mais paresseuse indolente l'agaçait prodigieusement. Germain affirmait en sus que la poupée avait « le feu au cul », sans preuve aucune d'ailleurs, mais si sûr de son fait néanmoins qu'il ne pouvait pas s'empêcher de pousser de petits grognements de cochon dès lors qu'il l'entendait se radiner dans la cour... Exprès. À l'intention de Janine, bien sûr.

Nonobstant, il savait bien que cette jolie brune à rouge à lèvres cerise l'affriandait avec son corsage plein si bien que, quand il la surprenait avec sa moitié en train de potiner autour d'un verre de porto dans leur cuisine, il se contentait de lui sourire d'un air béat. Toute amertume bue.

Les Drambour allaient parfois au cinoche (sans les mômes cependant – trop cher) pour voir le dernier western ou un film rigolo avec Fernandel.

S'ils faisaient l'amour avec force craquements de sommier le samedi soir (car veille de jour chômé), c'était pour elle plus par obligation que par réel plaisir. Si elle n'avait pas envie, son mari la tarabustait alors tant qu'elle finissait toujours par céder. Mais une fois que Germain avait joui, elle pouvait faire de lui tout ce qu'elle voulait le lendemain comme le surlendemain : l'orgasme le rendait en effet tout mou et angélique des jours durant.

Ils ne pouvaient pas avoir d'enfants. Ces gamins-là, d'une certaine façon, leur servaient de marmots de substitution...

Germain les emmenait parfois – une de leurs rares occasions de plaisir – tous, femme et mioches, à la pêche le long de l'Ouche. Arrimées aux bicyclettes, les cannes sifflaient au vent, leur poignée coincée par des sandows sur le porte-bagages derrière la selle des vélos tandis que le restant des gaules dépassait allègrement de devant le guidon. Mais c'était l'époque où on roulait sans ceinture, sans se soucier non plus de sécurité routière. La vie était simple, les petits bonheurs aussi. Madame portait une robe à fleurs.

Et vas-y à fond les ballons sur les pédales ! Certains dimanches, je les voyais ainsi venir de loin fonçant sur la route tandis que je rentrais de promenade avec Dudley en laisse. Souvent ce dernier voulait se mettre à aboyer en entendant le bruit de cliquetis de leurs bécanes en ferraille légère ; je tirais alors un coup sec sur le collier de mon affreux jojo de chien pour le forcer à se tenir tranquille.

Coupé dans son élan, Dudley couinait en sourdine, mécontent. Coup de tête poli à la troupe de passage qui répondait du bout des lèvres en filant sur la route.

Dudley, vexé, posait sa crotte au pied d'un lampadaire d'un air auguste et compassé. En ce temps-là, c'étaient les « cantonniers de ville » qui ramassaient l'ordure et balayaient les rues...

5

Mais Francisque Drambour, c'était autre chose. Il était vaguement ferrailleur à ses heures et avait, semblait-il, beaucoup de temps à tuer lui aussi. Raison pour laquelle, je le suppose en tout cas, avait-on recours à ses services pour garder Nino quand celui-ci était malade : des crises d'asthme récurrentes empêchaient en effet le garçon de suivre une scolarité normale. « Tonton Frac » (autre surnom du Putasson) venait alors volontiers s'occuper de lui quand, toute la maisonnée partie, sa belle-sœur devait pourtant bien s'absenter à son tour – pour se rendre chez le coiffeur, par exemple, (personne pour lui couper ses cheveux, à elle) ou encore lorsqu'elle s'offrait une visite chez Anita...

Quel âge pouvait-il bien avoir à l'époque, ce gaillard-là ? Dans les trente, trente-cinq ans ? C'est ce que j'aurais répondu si on me l'avait demandé.

Je n'ai jamais pu le piffer. D'un seul regard, on sentait chez ce type une prédisposition à la violence tant verbale que physique. Il n'y avait qu'à le voir bourrer un coup de poing – avec retenue, certes, mais un coup malgré tout – en haut de l'épaule des petiots en guise de salut (j'ai surpris la scène un jour, par hasard, en passant dans la rue) pour pressentir ce que sa nature pouvait avoir de dévoyé. Le faux horion était tout de même assez douloureux pour leur arracher une grimace de douleur qui, en retour, générait à chaque fois un vilain sourire sur son visage de hyène. J'ai détesté ça.

Lui, c'est en vélo *Solex* qu'il roulait, casquette sur la tête, vapeurs de gazoline dans son sillage, cigarette à la lippe. Il fumait tant que, dans l'intervalle entre l'index et le majeur de sa main droite, la peau avait pris la couleur cognac d'un vieux cuir de Cordoue... détail qui, à lui seul, suffisait à me dégoûter.

Je savais – je sentais – que c'était un homme mauvais, qu'il pouvait lever la main sur les enfants. Bien évidemment toujours en l'absence des Drambour. Se doutaient-ils au moins de quelque chose, ces deux-là ? Mmm... Pas si sûr.

Quand on lui demandait de veiller sur le gamin malade (tout ça, je l'ai appris au fil du temps, par mes « écoutes »), il se contentait de regarder la série américaine *Au cœur du temps* à la télévision. Accompagnant chaque péripétie de rires et commentaires murmurés tout le long des cinquante minutes de rebondissements spatio-temporels que durait un épisode... Suivaient alors réclames et autres programmes qu'il gobait tout autant. Il fumait beaucoup donc et buvait du gros rouge dans un verre à moutarde. Il lui arrivait en outre assez fréquemment de venir accompagné d'un copain (un traîne-savates du coin avec qui il passait pas mal de temps) pour lui tenir compagnie. Le binôme jouait alors à la belote des heures durant tandis que, dans la chambre à côté, Nino, tendu, effrayé, ne parvenait pas à dormir, gêné par le raffut qu'ils faisaient tous les deux.

Francisque adorait aussi parcourir des revues pornographiques sur la toile cirée de la cuisine, entre taches de vin et poissures de sucre... mais en solitaire uniquement. Il tournait les pages lentement, très lentement, le front tout plissé de rides de concentration, le souffle épais. Une main sur la braguette.

J'ai vite compris que le petit Nino se taisait sur autre chose. Autre chose de difficile à dire. À ses frères en tout cas...

Oui, Francisque Drambour... une jolie petite ordure dans son genre...

6

Nous étions au début d'une nouvelle année. Quelques semaines avant, une chute de moto sur une plaque de verglas m'avait cloué à la maison.

J'étouffais dans ma vie, satisfait par rien –

obnubilé par l'idée de changer de boulot et ce, après avoir quitté le mien depuis peu... Avec cet accident venu aggraver les choses entre-temps, comme fait exprès... Le désœuvrement me rendait amer. Mon modeste atelier me servait de refuge. Poêle ronflant, bien confiné dans cet espace calfeutré, j'essayais de me divertir de moi-même en bricolant n'importe quoi... Je me souviens : il gelait à pierre fendre ce jour-là, le jour où j'ai commencé à écrire sur ces mômes. J'encollais donc une semelle sur une chaussure qui commençait à bâiller sur le bout, quand leurs voix ont surgi. Comme par miracle... L'espace de deux minutes, ce me fut une surprise totale au point de m'être figé de stupeur sur mon siège, d'un coup tout ouï et concentré ! L'étonnement passé, je me mis alors à les écouter plus attentivement encore. Les frangins jacassaient, excités, indécis quant à l'attitude qu'ils devaient adopter avec le tonton Frac : Nino avait eu une crise d'asthme la veille au soir et le « putasson » était sur son dos.

    Je note aussi en passant que ma connaissance poussée de la sténographie (procédé d'écriture largement aux oubliettes depuis belle lurette !) m'a rudement servi à l'époque dans l'intégralité de mes retranscriptions, le vieux carnet à spirale évoqué plus haut me servant de support. Il a suffi qu'il me tombe par hasard (et fort à propos) entre les mains pour qu'aussitôt je commence à consigner les paroles des petits.

Toujours est-il que c'est à la mine de plomb que les toutes premières lignes furent écrites dans ce fameux carnet :

B – Hou ! tu tires trop les couvertures vers toi ! (Ben réprimandait Tom.)

Afin d'écrire plus vite, j'inscrivais, en effet (pas toujours mais assez souvent quand même), la lettre initiale du prénom de chaque locuteur avant de recueillir ses mots. C'était donc *B* – c'est-à-dire Ben – qui parlait.
Je me revois, assis sur ma chaise de paille, penché en avant, l'oreille à moins d'un mètre du pertuis, guettant leurs paroles, les imaginant (derrière le mur qui nous séparait) tous les trois blottis les uns contre les autres, partageant la même chaleur sous un tas de vieilles couvertures récupérées ici et là. Les imaginant donc et notant *verbatim* chaque mot.

T – Fais gaffe, merde ! Ça me fait froid à la cuisse, je suis côté porte.
B – Ouais, bon, d'accord ! Mais faut qu'on se serre plus.
N – Ah ! mais vous m'écrasez, tous les deux !

Ils se chamaillaient souvent de la sorte mais jamais bien méchamment. De simples agaceries entre frangins (ce comportement, je l'ai en effet souvent observé par la suite). Même Tom, le plus rusé, le plus matois, le plus sujet à certaine dureté – même lui conservait à l'égard des deux autres un genre de... « bienveillance » ? Oui, c'est le mot. Il était empli de bienveillance à leur endroit, de tendresse aussi, ce qui, au passage, n'excluait nullement des échanges de claques ou de gros mots quand la controverse ne souffrait point la contradiction !

T – Alors ? Il était comment aujourd'hui, le putasson ?
B – Y t'a embêté ?
N – Non... Ça allait, il a le rhume, il arrêtait pas de renifler et de cracher dans son vieux mouchoir à carreaux tout dégueu...
T – Beurk ! Putasson cochon ! (La voix guillerette de Tom montant d'une octave.)
B – Moi, à c'te porke, j'y foutrais bien un coup de fourchette dans l'œil !
T – Et moi, dans le cul ! (Cette fois, c'était l'aîné qui amusait la galerie.)
B – Et y regardait quoi ?
N – Oh, c'était *Fantômas*... Tu sais, quand ce crétin de Juve veut le choper et que les flics le poursuivent à moto et que Fantômas, il a tout plein de gadgets géniaux dans son auto *qu'il leur* échappe !... Le veinard, moi aussi j'aurais bien aimé le regarder, *Fantômas*... mais ça me serrait bien trop dans la poitrine, alors, pas possible... *Pis*, je préfère me planquer sous ma courtepointe bien au chaud ; alors y me fout la paix, l'autre pignouf de Frac'ta-prout qu'arrête pas de se tripoter le zob à travers le futal...

T – T'as raison, faut toujours se méfier avec le putasson.

Le verbiage des gamins surpris ce jour de mars 1967 s'arrête net à cette réplique du grand frère... réplique néanmoins suivie, plus bas sur cette même page, d'une notule – inscrite par moi dans la foulée (au gros crayon de charpentier, quant à elle) :

Francisque Drambour : du lard ou bien du cochon ?

7

Ce qui m'émeut, quand j'y repense, c'est de me dire à quel point on pouvait être insensible – ou indifférent ? ou aveugle ? – à la détresse des pupilles de l'Assistance Publique en ce temps-là... Toute cette maltraitance existait bel et bien dans maintes familles de placement. Les choses se savaient, le silence étouffait ces gamins... On agit désormais pour empêcher le surgissement de tels actes criminels – et même encore, hélas ! de nouveaux cas apparaissent ici et là en dépit d'une vigilance plus marquée.

Certains savaient donc, c'est sûr. Beaucoup, en fait. Secret de Polichinelle... J'ai encore dans l'oreille le souvenir de la voix tremblante d'un ancien directeur d'institut médico-éducatif, me relatant les saloperies qu'il avait dû endurer vers ses dix, onze ans, alors qu'il était lui-même placé chez de gros fermiers, dans le Morvan. Soixante ans après, le pauvre homme en pleurait encore.

Pas de tribunaux pour réparer toute cette saleté (ou alors si rarement saisis ! – le procès des Vermiraux, par exemple) ; trop peu de recours pour les victimes à jamais coincées dans leur traumatisme... Le responsable de l'antenne locale (un certain Gazin) dont dépendait cet ancien enfant placé – mon directeur d'IME – fermait volontiers les yeux sur les mauvais traitements infligés, moyennant une livre de beurre, par-ci, ou un beau poulet, par-là, pour madame, offerts par la fermière.

Mais c'était ainsi. Et ça a duré fichtrement longtemps. (Au surplus, encore de nos jours, certains centres d'hébergement gérés par l'Aide Sociale à l'Enfance, ne sont pas bleus-blancs. Mais il s'agit là d'une autre histoire.)

8

1er avril

« Nino pleure. Il refuse de dire aux autres pourquoi. L'ambiance n'est pas au beau fixe chez les Drambour depuis leur dernière grosse bêtise (du cirage dans le cartable de la petite Berthier). Janine leur hurle dessus à la moindre incartade. Germain a dû jouer du ceinturon, d'après ce que j'ai compris, ce qui est rare, sauf que là, la bêtise était trop moche pour se contenter d'une simple engueulade !...

Quant à Francisque Drambour, bras bandé (une récente blessure à l'avant-bras droit), il a carrément pris ses quartiers chez son frère – il y a trois jours à peine – sous prétexte qu'il ne peut désormais plus réaliser seul, sans assistance, les gestes du quotidien... Depuis hier, on le voit, dans les parages, qui tourne en rond tel un fauve en cage avant de se pointer à l'heure des repas... Les mômes en ont une peur bleue. Et pour cause. Nino surtout.

Ses frangins le savent et font leur possible pour le soutenir. À hauteur de leurs bien maigres moyens. En effet, que peut un insignifiant trio de mômes (accusés de n'être que de la graine de potence, disqualifiés du seul fait de leur statut d'enfants « placés ») face aux agissements d'un cochon de cette espèce ? Rien. Qui irait donc les croire ? Personne. Et puis, si *l'autre* les cogne, c'est qu'ils l'ont bien cherché, après tout. Point barre.

Si j'ai eu du mal à saisir leurs chuchotements via la grille, ne m'a en revanche pas échappé l'état de stress qui les habite... Les expressions « faut que t'y dises », « je vous jure, je vous jure » et « oh ! non ! surtout dites-y pas ! » revenaient sans cesse. Quelque chose de terrible et de très désespéré en émanait. J'ai peur de comprendre ce que je comprends... Et, bien sûr, c'est ce dénaturé de Francisque Drambour qui est cause de toute cette détresse... Que faire ? J'ai la trouille. D'ordinaire, je ne me mêle pas des affaires des autres. Écouter les conversations des petiots, OK ! ça m'a bien amusé jusqu'ici mais maintenant ? Maintenant, qu'est-ce que je vais bien pouvoir faire de ÇA ?

Je crois que le plus grand, Tom, veut que Nino parle à leur maîtresse mais que ce dernier s'y refuse tant la peur le retient.

T – Mais si ! Dis-y, que je te dis...
Marmonnements de l'autre côté de la grille.
N – ... mais qu'est-ce qu'elle va faire si...
B – Ben, non ! faut pas sinon...
(De la soupe, quoi !)

Je me demande s'il me faut intervenir ? Oui, mais comment ? »

Ainsi se termine cette page.

En la relisant – même si longtemps après –, j'en ai ressenti comme de lointains échos dans tout le corps. Échos accompagnés d'une suée subite. Avec le cœur qui s'emballe. Les poils dressés sur la peau toute grenée de la chair de poule... Pourquoi ? À cause de cet effrayant sentiment de malaise face au sordide de la situation et, plus fort encore, de la tentation affreuse de faire l'autruche... Loin de tout ça. Loin d'eux. Après tout, qu'avais-je à voir avec ces gamins-là ? Rien. Je n'étais pas leur père. Ce n'étaient donc pas mes oignons.

(Combien pénétrante subitement l'impression qu'on peut devenir un salaud en moins de trois minutes ! Qu'aurais-je fait pendant la guerre ?)

J'ai refermé le carnet. Nauséeux.

Qu'aurais-je dû faire de meilleur que ce que j'ai alors choisi de faire ? Il m'arrive d'encore me le demander.

9

À l'époque, je vivais seul. Avec Dudley pour unique compagnon. Je crois bien que je ne m'aimais pas beaucoup. Déjà. Et que je n'aimais guère mes semblables. Allez savoir pourquoi ! Peut-être à cause d'une enfance pas super heureuse, ternie par la perte, très jeune, d'abord de celui qui m'a engendré puis de celle qui m'a enfanté... Papa... Maman... Une roue qui tourne.

Puis une famille de remplacement. Eh oui ! moi aussi ! mais en tant qu'enfant adopté, ce qui n'est pas tout à fait la même chose... Ce « mal-être » qui me minait à l'époque, provenait-il de ces chocs successifs ? (peut-être) ou plutôt des contrariétés récurrentes au boulot ? J'ai encore du mal aujourd'hui à démêler le pourquoi du comment !

Avant mon boulot chez Vernot, j'avais poursuivi des études de comptabilité, option sténo. Puis donc trouvé bien vite ce poste de gagne-petit, pas très gratifiant. Routinier. Trop, sans doute… Avec, dans la foulée, bien des années grises, ternes et sans relief au-dessus de mes registres de comptes ; je m'ennuyais... Les petits chefs ont commencé à me chercher des crosses. L'ennui toujours ; l'envie de plus en plus prégnante de tout foutre en l'air… Jusqu'à la démission. Précédant l'accident de moto, mettant lui-même le point final à une très (trop) longue relation – insatisfaisante – qui s'était, de toute façon, tout doucement éteinte, au jour le jour, faute d'aliments solides pour la maintenir en vie. La routine, quoi ! le quotidien qui use – et dégrade les choses... tandis que le temps continue néanmoins sa trajectoire immuable... Quelques aventures sexuelles pour l'hygiène, comme on dit. Et moi, au bout du compte, à quasi trente ans : seul, mécontent de l'existence que je menais alors.

Se regarder dans le miroir ne vous offrant dès lors qu'un visage aux traits un peu las où s'inscrit cette question sur le palimpseste de la peau : *pour quoi* est-ce que je vis ?

Pas de quoi casser trois pattes à un canard, en somme.

Et puis, un jour, ces enfants.

Je crois que c'est à ce moment précis de mon existence que j'ai en quelque sorte « recouvré la vue », que j'ai commencé à me sentir bon, utile. Grâce à ces trois loupiots mis sur ma route – bien involontairement – par Mère Destinée, la marâtre. Peut-être qu'en faisant quelque chose de bien pour ces petits, j'allais me sauver un peu de moi-même ? À leur contact, j'ai appris que la couleur du désespoir n'est pas la même partout et surtout qu'il en est de plus sombre que d'autre chez certains... La mienne n'était, somme toute, que gris clair alors que celle des mômes, infiniment plus épaisse, noire comme de la poix : à charge pour moi de l'éclaircir.

Sans eux, encore aujourd'hui, que serais-je devenu ? peut-être un genre de mort-vivant ? un type qui se serait trimbalé sa vie durant une existence de peu d'intérêt. Fade. Pleine de rancœur et d'amertume ?...

Tom, Nino et Ben, ma petite « sainte » trinité. Ma résurrection.

À l'époque, je vivais seul donc. Ce foutu accident de moto (la moto, la vitesse à toute berzingue le long des routes de campagne, un de mes rares plaisirs) m'avait bien miné le moral. Je venais de quitter mon emploi avec, en tête, ces *envies d'autre chose* que je viens de retracer à grands traits.

J'avais tout le temps froid. H m'avait quitté depuis plusieurs mois déjà. J'ai aimé H bien plus longtemps que son amour à mon égard n'a perduré. Il faut dire que je n'étais pas toujours facile à vivre et que mes « crises existentielles » devaient posséder (j'en suis certain maintenant) quelque chose d'aussi exaspérant que le lamento des pauvres petites filles riches incapables de savoir quoi faire de leurs millions... Bref, des baffes, voilà ce qu'il m'aurait fallu. Moins de vague-à-l'âme mais plus de plomb dans la tête. Et du côté de H, un peu plus de légèreté aussi : enseignant l'allemand en lycée privé, son métier lui bouffait littéralement la tête. Vers la fin de notre histoire, ne surnageait plus que ça dans ses conversations – ses éternels soucis de cours à construire, de parents d'élèves emmerdants à recevoir, de bisbilles avec l'administration, de corvées nouvelles à chaque fois endossées sans sourciller pour néanmoins s'en plaindre aussitôt acceptées – que sais-je encore ! Tout ça sans cesse remâché (comme se fabrique contre soi-même une maladie auto-immune), son existence de prof en permanence sous pression, en butte aux exigences de sa directrice (« La Stalinette », comme tous l'avaient rebaptisée dans son bahut) – tout ça, quoi ! était devenu la matière même de son existence. Je n'en pouvais plus.

Et pourtant ! Et pourtant ! J'aurais continué à partager cette vie-là, malgré tout, car j'avais H dans la peau. À telle enseigne que, des mois après son départ de notre appartement, j'ai su que je l'aimais encore. Comment ? En l'écoutant me raconter, un soir où nous étions invités chez notre amie commune, Béa, sa rencontre toute fraîche avec A (A qui prenait en quelque sorte ma place dans sa vie). Le coup de poignard dans le cœur que ça m'avait fichu ! Et ce si puissant sentiment de dépossession qui vous tombe dessus ! Et cette plaie au cœur qui se met à saigner, à saigner, à saigner... Abondamment. Jusqu'à ce qu'au bout de nombreuses semaines de manque, votre chair prenne enfin acte que c'est fini, que la relation perdue a fait long feu...

Ce n'est qu'après cette conversation sur le balcon de Béa que quelque chose d'infiniment enfoui dans les tréfonds de ma poitrine a pour de bon éprouvé que nous venions *effectivement* de rompre... Mais que je l'aimais encore. À son inverse. (Chez H, le détachement s'était en effet tissé peu à peu au cours des mois précédant notre séparation tandis que moi, je n'avais pas vu venir.)

Voici donc qui je suis, en un bref portrait chinois. Qui j'étais alors. Des blessures comme pour tout un chacun, des deuils aussi. La vie... (Je me demande bien pourquoi j'écris tout ça ?) Avais-je nonobstant connu la souffrance ?... la *vraie*... celle qui vous abîme si profondément à l'intérieur que sa guérison en est à jamais impossible ?... celle dont la marque au fer rouge est si infuse en vous que jamais vous ne pourrez plus vous en remettre... Et, bien évidemment, en évoquant cette douleur-là, je veux parler de celle de ces trois mômes dont j'ai à peine effleuré le destin.

Moi, au contraire de ces enfants-là, je n'avais jamais connu de « vrais » malheurs. Mais je me croyais malheureux. Et, à certains égards, je l'étais un petit peu malgré tout. Certes. Mais à une autre échelle... Rien à voir avec le malheur qui maltraitait ces enfants. Le contact des trois galopins m'a au final été des plus bénéfiques.

10

C'est donc fin mars que Francisque Drambour était venu s'installer chez son frère. Le salopard avait en effet allégué qu'il était plus commode pour lui – en plus de l'aider à passer le cap de son handicap passager – de vivre chez son frère pour mieux « s'occuper sur place » du petit asthmatique. Comme c'était pratique pour ce dégénéré ! Des journées entières… Et je ne parle même pas des nuits...

La veille de son installation, les petits en avaient parlé tout le temps qu'ils avaient passé dans leur cagibi. J'ai tout de suite senti que la situation était grave. Non seulement Nino pleurait mais même le dur à cuire de la bande – Ben, le mouflet irréductible aux yeux farouches, le petit fauve au visage de chérubin –, même lui chialait avec ses frères.

Je dois toutefois ici compléter mon récit par deux ou trois éléments subsidiaires afin qu'on comprenne bien le déroulé des événements.

Et pour cela, il me faut remonter un peu en arrière, précisément au 05 avril de cette année-là, jour où je m'immisçais pour la première fois dans leur histoire, un peu à la manière d'un *deus ex-machina*…

Au moment des événements que je vais relater – c'est-à-dire dès l'instant où j'ai pris sur moi de « me bouger » pour ces mômes –, je n'avais encore rien arrêté de définitif sur la façon de leur apporter un soutien efficace... sur la *bonne* façon surtout. Les sentir en danger m'ayant créé d'un coup, je le répète, une forme de responsabilité à leur endroit. Non ! je ne pouvais décemment plus me défausser sur mon absence de lien totale entre eux et moi pour faire le mort. L'installation de Francisque Drambour à demeure ayant été à la fois le déclencheur et le catalyseur de ce changement intérieur chez moi.

Et quand je parle d'un genre de « deus ex-machina », la buse reliant mon atelier et leur cagibi eut un rôle important dans cette affaire. Eh oui !... Ce fameux trou d'où me provenaient leurs voix... Je m'étais en effet arrangé, la veille de ce jour d'avril, pour leur faire passer, par ce biais, un petit poste de radio (un vieil *Emerson* de 1961 qui marchait bien en dépit de ses six ans d'âge !). En outre, la question connexe de savoir comment aider ces enfants tout en demeurant invisible à leurs yeux me titillait depuis des jours. Je voulais certes jouer au Père Noël, certes qu'ils sachent que *quelqu'un* veillait sur eux, mais pas *qui* ! (Pourquoi cette retenue ? Par crainte de les effaroucher ? Par peur de j'ignore quel danger si, par hasard, ça tournait mal ?) Un peu pour toutes ces raisons, j'imagine... Quoi qu'il en soit, j'espérais surtout qu'ils prendraient cette radio comme un genre de cadeau tombé du ciel, un tour de magie destiné à les émerveiller.

Pour tout dire, au début, j'ignorais moi-même *comment* j'allais les aider. Raison pour laquelle j'ai commencé par ce petit cadeau glissé en douce jusqu'à eux – histoire de voir ! Il s'agissait là, en quelque sorte, d'un genre de galop d'essai. L'idée d'une aide beaucoup plus « expéditive » ne m'est, en effet, venue que plusieurs jours après...

Pour opérer, il m'avait tout bêtement suffi d'ôter le bout de grillage (mal fixé à la pierre) de mon côté du conduit puis d'à nouveau retirer la bourre de chiffon barrant l'accès à leur turne, de repousser l'espèce de grille de fonte qui faisait office de barrière de leur côté, pour enfin déposer l'objet ; puis de tout remettre en place en prenant surtout bien soin de resserrer vis et écrous correctement par devers moi au cas où les loupiots auraient eu, dans la foulée, cherché à procéder comme moi (mais dans l'autre sens) et hop ! ni vu ni connu, je t'embrouille, le tour avait été joué.

La radio, assez petite, s'accrocha un peu aux aspérités de la pierre mais passa tout de même pour enfin gentiment atterrir dans l'antre des enfants... Le « forfait » commis, comme grisé par ce que j'entreprenais, je me mis à attendre leur arrivée – dans la pénombre, bien sûr : il ne fallait surtout pas qu'un stupide rai de lumière vînt trahir le secret de ma planque.

Jamais impatience et excitation ne s'étaient mêlées ainsi à ce point dans ma poitrine depuis que je respirais ! J'avais hâte de les entendre débarquer. Soif de happer au vol leur réaction, anticipant déjà leurs babillages stupéfaits, leur ravissement... Cela dit, j'avais exprès choisi de tout installer une demi-heure seulement avant la fin de l'école afin de n'avoir pas trop à attendre leur surgissement.

La porte que je finis par entendre s'ouvrir grinça sur ses gonds : ça y était ! La petite mécanique était en marche.

J'ai encore des frissons dans le dos rien qu'en repensant à leur réaction une fois découvert le transistor : leur surprise, leurs questionnements sans fin sur son apparition extraordinaire dans leur turne ; puis leur joie (bruyante) pendant l'examen de cette radio sous toutes ses coutures avant d'enfin l'allumer. Je me souviens aussi de la tentative de Tom de résoudre le mystère de cette radio « magique », agrippant ses doigts à *mon* grillage heureusement bien refixé au mur ; le coup de grisou dans mon cœur en voyant ces « bouts » de phalanges comme jaillis de nulle part dépassant de la grille puis se retirant pour, au final, laisser tomber leur exploration vaine...

Puis *Petite Fleur* a balayé le silence ouaté autour de moi : ce célébrissime air de trompette de Sidney Bechet a ainsi été le tout premier morceau de musique à égayer les murs de leur cagibi ce soir-là.

J'entends encore l'étonnement dans leur voix, leur incrédulité puis leurs rires tandis qu'ils tournaient la mollette de la radio à la recherche d'un air qu'ils aimeraient... Bechet d'abord donc puis *Sacré Charlemagne* de France Gall...

*Qui a eu cette idée folle
un jour d'inventer l'école ?
C'est - ce - sacré Charlemagne
Sacré Charlemagne*

Les mômes s'égosillant au refrain. Oh ! joie ! (Une délicieux frisson de plaisir, égal à celui ressenti ce soir-là, me picote tout pareillement la peau en remuant ce souvenir.) Puis le retour aux murmures : des fois qu'on les entende de la rue ou – pire – depuis chez eux...

11

C'était là un acte sans nul doute dérisoire, la minuscule intervention d'un bien petit dieu... Certes ! Je vous l'accorde. Mais c'était déjà ça. Un début, en somme. Et puis, pour avoir déjà sacrément réfléchi aux moyens les plus sûrs d'aider ces enfants, toutes mes cogitations me poussaient naturellement, dirais-je, vers cette forme « d'activisme raisonnable »...

Et pourtant, n'aurait-il pas mieux valu que je me rende à la gendarmerie pour dénoncer les agissements coupables de Drambour frère ?... Eh bien, non ! À quoi bon ? À quoi bon, en effet, puisque j'aurais sans doute obtenu le résultat exactement inverse, c'est-à-dire qu'on ne me croie pas ; voire pire, qu'on me soupçonne, moi, d'être un drôle de type aux intentions assurément *tordues* venu déverser, au poste, son trop-plein d'idées malsaines (les flics se posant alors la question de mes motivations)... un type à surveiller donc... Voilà ce que je me suis dit au bout de deux ou trois jours de réflexion. Sans compter ce facteur aggravant que, moi mis hors-jeu, la solitude des enfants, face à Francisque Drambour, en aurait été accrue. Ce cochon-là, désormais sur ses gardes, y aurait au contraire gagné plus d'astuce dans son vice, plus de dissimulation encore et, hélas, une malignité renforcée à l'encontre des petits... Non, non, impossible ! Il me fallait agir *autrement*.

À partir du « jour du transistor », la seule question qui ne cessa dès lors plus de me tarauder fut la suivante : comment les libérer des pattes de Drambour ? Quel plan élaborer ? En résumé, maintenant que j'avais apporté un peu de magie dans la vie des petits (ils venaient tous les soirs, après leurs devoirs, écouter leur transistor une bonne demi-heure), par quel stratagème les libérer de ses pattes ?

J'étais sur des charbons ardents, conscient de la nécessité d'agir vite, surtout quand j'entendais ces mots terribles sortir de la bouche de Nino : « Le putasson est encore venu cette nuit »...

Et l'enfant pleurait.

12

Sur ces entrefaites eut lieu quelque chose de curieux : les mômes se virent accusés d'avoir rayé volontairement la carrosserie de la vieille Dauphine de Gréban, le boucher du quartier. Les gendarmes appelés à la rescousse, accompagnés d'une adjointe de la DDASS, ont surgi devant la cour des Drambour sans sirène, certes, mais tout gyrophares allumés... Je n'ai jamais su comment les choses avaient pu réellement se goupiller. Qu'est-ce qui avait déclenché tout ce bazar ? un appel anonyme à la gendarmerie ? une plainte en bonne et due forme déposée par Gréban ? de simples racontars ?... Je n'en ai aucun souvenir contrairement à celui, très vif encore, que je conserve du contentement hargneux de certains voisins à l'idée que les petits fumiers allaient se faire calotter et en prendre pour leur grade. Tant mieux ! Ces petites crevures-là l'avaient bien mérité.

Je ne sais pas non plus ce que la DDASS a bien pu faire là-dedans, ce qui s'est dit dans le salon des Drambour, ce jour-là, entre képis bleus et jupe sévère de la dame de l'administration, toujours est-il que, tout le monde reparti, les choses semblèrent reprendre leur cours ordinaire – ni plus ni moins. Seul changement notoire : les trois ou quatre jours qui suivirent, aucun passage des enfants dans leur repaire. Je suppose que les Drambour les vissaient n'autorisant, pour l'heure, que les trajets à pied entre l'école et la maison et rien d'autre. Ce régime sec dura le temps que dure une punition.

Les Drambour furent-ils contraints de dédommager le boucher ? De faire marcher leur assurance responsabilité civile ? Je l'ignore. Quelques jours plus tard, Madame Vaquier que je croisai dans la rue m'affirma – d'où tenait-elle l'information ? – que le soir du « drame », ç'avait été « tous au lit sans souper ».

– Vous pensez qu'ils les ont frappés ? n'avais-je pu m'empêcher de demander, plus soucieux que d'ordinaire.

– J'en ai bien peur, avait murmuré la mamie encore plus désolée que moi à cette perspective, pour conclure par :

– J'espère que l'Assistance Publique fait bien son travail.

Le ton de la vieille dame était triste et sceptique à la fois. Je savais qu'elle les aimait bien, ces gamins, bien qu'elle n'ignorât ni leurs hauts faits des mois passés ni même qu'il leur arrivait de casser parfois des tiges de ses chers géraniums quand ils en cueillaient une grappe au passage...

Pour tout dire, j'étais rongé par l'inquiétude. L'image des coups de ceinture leur cinglant les cuisses me traversait l'esprit ; je n'étais pas tranquille. J'aurais bien aimé les entendre raconter les « événements du jour » derrière mon mur, obtenir de leur bouche des informations sur l'ambiance à la maison, sur les répercutions de leur supposé acte de dégradation volontaire. Mais cela faisait donc des jours qu'ils n'étaient plus venus dans leur turne.

Quant à cette grosse bêtise, si elle était bien de leur fait, constituait-elle en réalité un genre d'appel au secours détourné ? une manière d'attirer l'attention des adultes sur leur sort, sur celui de Nino en particulier ? Peut-être, qui sait ? Rétrospectivement il me semble qu'il s'agissait là bien d'un genre de SOS que personne n'a su déchiffrer...

Plusieurs jours passèrent avant que je ne les entende derechef jacasser dans le cagibi. S'éclipser après l'école était devenu plus difficile. Germain Drambour avait serré la vis d'un cran. Janine leur avait collé des corvées supplémentaires à réaliser : désherber les plates-bandes d'iris et de rosiers dès leurs sacs d'écolier déposés – j'en ai été témoin – ; laver le *Solex* de Francisque ; en envoyer un faire telle ou telle course alimentaire – mais qu'un seul à la fois – tandis que les deux autres avaient obligation de travailler à leurs devoirs en sa présence pendant qu'elle épluchait, sur la même table, les légumes de la soupe du soir ; etc, etc. Telles furent les nouvelles règles – un temps, en tout cas.

Toutefois les trois loulous s'arrangeaient toujours pour se trisser quand même (sans être vus) au moindre défaut de surveillance, ce qui arrivait assez souvent... La porte du cabanon grinçait alors sur ses gonds : *les voilà enfin !... Boum !* faisait mon cœur, *boum !* comme dans la célèbre chanson de Trenet. Avec la même somme de joie qu'en contient le poème du fou chantant. Le jeudi en particulier, je pouvais me réjouir de leur présence à plein parce qu'ils passaient une bonne partie de la journée dans leur cagibi à écouter leur radio :

Tous les garçons et les filles de mon âge
Se promènent main dans la main...

Et comme toujours, Tom de reprendre avec enthousiasme les rengaines entendues, suivi de Ben qui débordait d'admiration pour son aîné (ça aussi, je l'ai compris au fil des semaines à les écouter).

Et quand tous les trois étaient finalement réunis dans la chaude atmosphère de leur turne, là, c'était fête ! Fête pour eux comme pour moi. J'adorais le jeudi.

Voilà comment les choses se sont passées durant cette drôle d'époque de ma vie où leurs existences et la mienne n'ont fait que se frôler, un peu comme ces objets célestes géocroiseurs qui effleurent la terre sans jamais la toucher mais en laissant toutefois en son ciel une fabuleuse traînée de lumière : moi, ces mômes, c'est une marque indélébile et merveilleuse qu'ils ont inscrite au creux de ma poitrine...

Quid de Francisque Drambour durant cette période-là ? Après le débarquement inopiné de la maréchaussée chez eux, je ne l'ai en effet plus revu pendant au moins une semaine. La conscience de ses crimes avait-elle alors été si évidente en son for intérieur qu'il avait craint de devoir parler aux flics au risque de se trahir par quelque attitude maladroite ? par une suée inopportune ? par un mot suspect ? Peut-être. Je le soupçonne de s'être éclipsé dans la cave à charbon des Drambour le jour même où les gyrophares avaient surgi, avant de prendre le large dans la foulée pour quelques jours, histoire de se mettre au vert, pénard. C'était bien dans son genre. Je sais de quoi je parle : une fois, je l'ai vu de loin, après qu'il se fut faufilé par la porte de derrière chez eux, se dépêchant de se planquer dans la cave à charbon, agissant de la sorte à la venue d'une grande femme rousse qu'à priori, il n'avait absolument pas envie de voir. D'après la petite scène chopée du coin de l'œil ce jour-là, j'avais bien pigé que Janine Drambour avait éconduit la dame en affirmant que son beau-frère était absent... Je n'en mettrais pas ma main au feu mais je parierais qu'il a agi exactement de la sorte le jour du passage des gendarmes.

(Et puis, qui sait ? peut-être était-il déjà connu des keufs, le bougre, et qu'il avait donc tout intérêt à se carapater dès qu'il les voyait ? D'où son départ improvisé...)

Toujours est-il qu'on n'entendit plus son fichu vélo *Solex* pétarader dans notre rue pendant un bon bout de temps.

Hélas, il a fini par revenir quand même. Ce jour-là, j'avais griffonné au crayon de menuisier ces mots dans mon carnet :

RETOUR DE F. DRAMBOUR

13

Pendant la période d'accalmie évoquée – appelons ça comme ça –, j'avais eu la visite de mon oncle Paul qui, simplement de passage, ne dormit qu'une nuit chez moi.

Ce frère de mon père avait soixante-dix ans à cette époque. En réalité, je l'ai toujours considéré plus comme un père que comme un gentil tonton. Je me revois, enfant, allant sonner chez lui à peine était-il revenu de son boulot (il bossait aux archives municipales de la ville). Tout petit, tante Clara et lui m'avaient pris en affection. Une fois celle-ci morte (peu avant mes treize ans, une rupture d'anévrisme dans son sommeil), il était devenu veuf. Tous deux possédaient un pavillon à seulement trois cents mètres de chez nous. J'étais tout le temps fourré à la Thouasse, son adresse dans le village...

Ce n'était pas si souvent que nous nous voyions. J'appréciais donc chacune de ses visites (puisque son déménagement en Provence nous avait géographiquement éloignés l'un de l'autre). Je me souviens de la fastueuse choucroute que j'avais préparée pour fêter son arrivée, du très bon vin d'Alsace bu tout le long du repas, du ton enjoué de tonton qui avait toujours mille et une anecdotes à raconter... Oui, ce fut une fort belle soirée.

Et pourtant, lors de cette soirée, à aucun moment, je ne lui révélai quoi que ce fût de mon « histoire » avec les mômes, comme si je m'étais méfié *même* de lui ! (alors que, comme le dit si bien l'expression populaire, je me serais au contraire jeté au feu s'il me l'avait demandé). Encore aujourd'hui, j'éprouve du remords en repensant à mon attitude d'alors car jamais il n'aurait trahi mes secrets, je le savais pertinemment. Mais quelque chose de très puissant dans les tréfonds de mon être m'empêchait néanmoins de tout lui raconter. Rien à faire, ça ne voulait pas sortir ! Peut-être cela provenait-il d'une espèce de réflexe d'auto-protection allant même jusqu'à exclure tonton Paul de la confidence ? Je suis en vérité bien incapable de répondre à cette question. Ce qui se joua par la suite était de toute façon de ma seule responsabilité et c'était mieux ainsi.

J'ai oublié de mentionner quelque chose qui pourrait sembler de peu d'importance, voire « hors sujet » à propos de mon oncle, si cela n'avait joué un rôle pourtant crucial dans les événements évoqués : souffrant de tachycardie, tonton prenait tous les jours un médicament pour le cœur, et ce, depuis des années.

Tonton Paul, en repartant, avait oublié son flacon – aux deux-tiers vide – de *Cardiocardyl*, un puissant bêtabloquant. Il avait cependant pris l'habitude de toujours en emporter avec lui un de secours dans son automobile. Au cas où...

Je le lui rendrai lors de sa prochaine visite, m'étais-je dit, avant de lui téléphoner le lendemain même de son départ :

– Décidément, je suis devenu un sacré vieux chnoque ! s'était-il esclaffé. Ah ! mon poulot, faudrait pas vieillir !

Et puis, comme on oublie les choses sans importance, j'oubliai le médicament aussitôt le combiné raccroché.

14

Ainsi, est-ce donc du seul fait de la présence fortuite d'un flacon de *Cardiocardyl*, ce soir-là, sur ma table, qu'a pu éclore, dans ma cervelle en ébullition, le drôle de stratagème qui consistait à mettre hors service Francisque Drambour ?... Il faut croire.

Quoi qu'il en soit, ce dont je suis certain (j'étais en train de dîner en écoutant les informations à la radio), c'est que je me revois sortir le flacon de son emballage en carton, en extraire la notice – comme ça, sans intention particulière – pour la lire tout en dégustant ma salade (car je me souviens parfaitement aussi que c'est d'une salade d'Obernai dont je me régalais). Une rondelle d'oignon rouge était venue tacher le bas de ladite notice d'une lunule de gras alors que j'enfournais la nourriture avec maladresse, détaillant les contre-indications, tout concentré sur la liste des divers effets indésirables (asthme, insuffisance cardiaque, etc.) quand, subitement, voilà que se trouve stoppé net, comme malgré moi, le geste de va-et-vient de la fourchette entre mon assiette et mes lèvres à la lecture de cet avertissement : Risque d'arrêt cardiaque... cependant qu'en surimpression dans ma tête, se profilait l'image d'un homme fauché par la mort, s'affalant par terre moins d'une seconde après l'absorption d'un poison... image à son tour elle-même tout aussi vite remplacée par celle de ce salaud de Francisque Drambour s'étalant *à mes pieds*, fauché par la mort, moins d'une seconde après avoir avalé *ce médicament-ci* que j'avais là précisément sous les yeux.

On peut dire que ce me fut là une révélation...

Eh oui ! c'est bien à cet instant exact que je *sus* comment j'allais lui régler son sort, au putasson, et une bonne fois pour toutes, qui plus est. En l'éliminant grâce aux gouttes de tonton Paul. Grâce à un tour de passe-passe qui, bien qu'encore nébuleux à ce stade de mes envies criminelles, n'en existait déjà pas moins avec force quelque part dans les limbes obnubilées de mon esprit...

C'était un beau soir d'avril. Il faisait un temps magnifique depuis quelques jours. Jamais auparavant je ne m'étais senti aussi vivant, aussi pénétré du sentiment *d'être au monde*, plein d'envies de soleil et d'herbe verte, de vent dans la figure, de rires d'enfants – comme travaillé par une sève nouvelle.

15

Est-il besoin d'ajouter que jamais auparavant, je n'avais fait de mal à quiconque ? que je respectais les gens, que je respectais la loi ; que les histoires de crimes comme de criminels m'étaient absolument étrangères ? que ne me choquait pas (encore à cette époque-là) le fait qu'on tranche la tête à un meurtrier ? que tout ce qui concernait la loi, la justice comme les condamnations prononcées par les tribunaux, me semblait appartenir une sphère d'intérêts autre que la mienne... bref, que j'étais un gars très ordinaire. Avec « ses amours, ses amis, ses emmerdes »... à l'instar de tout un chacun. Mais un type nonobstant face à un dilemme énorme depuis peu : celui de savoir s'il allait laisser vivre et souffrir ou bien faire mourir pour ouvrir à la vie ?

Ainsi, les jours passant, la certitude du bien-fondé de *devoir* « neutraliser » Drambour pour de bon me parut de plus en plus patente. Que faire d'autre en effet ? Je ne voyais pas quelle autre voie adopter... En un mot, oui, il fallait que je le fasse. Et, curieusement, la perspective de programmer l'empoisonnement de Francisque Drambour ne m'effrayait pas du tout. Ne m'excitait pas non plus. J'avais plutôt hâte que ce fût *vite fini*. À peine ressentais-je à l'époque, en plus d'une difficulté à m'endormir, une sorte d'effervescence dans tout mon corps. L'idée une fois formulée, je n'eus en effet plus de repos ; il fallait agir.

Agir comment ? En faisant de mes petits diables l'instrument même de mon crime : grâce au flacon de *Cardiocardyl* que je leur fournirais en le leur glissant par le conduit, poison qui leur semblerait tombé du ciel tout comme la radio quelque temps auparavant. J'accompagnerais la fiole d'un mode d'emploi.

Sitôt dit, sitôt fait : le lendemain même du retour de Francisque Drambour chez eux, je leur fis passer flacon (seul, sans l'emballage) et bout de papier avec mes instructions dessus afin qu'ils les découvrent à leur retour de l'école.

Je jouai au bon génie protecteur.

Le papier que j'avais préparé avec soin était ainsi rédigé :

PUTASSON EST UN SALAUD

POUR QU'IL DISPARAISSE POUR TOUJOURS

VERSER EN DOUCE CES GOUTTES DANS SON VERRE DE VIN

PUIS, SUR LE CHEMIN DE L'ÉCOLE, JETER LE FLACON VIDE DANS LA RIVIÈRE

UNE FOIS LU, JETER CE MESSAGE EN CONFETTIS DANS LE CANIVEAU

ET NE JAMAIS EN PARLER À PERSONNE APRÈS. JAMAIS - JAMAIS - JAMAIS

(GAFFE DE NE PAS SE FAIRE PINCER)

SIGNÉ : LE GÉNIE DU CAGIBI

J'entends encore l'étonnement des gamins ce soir-là lorsqu'ils s'aperçurent de la présence du message ! Leurs conciliabules pour savoir ce qu'il convenait de faire ou de ne pas faire... leur excitation aussi, les murmures craintifs de Nino qui, troublé, ne savait pas s'il devait pleurer ou se réjouir :

N – Mais si on se fait choper ?

T – Mais non, tu sais bien que l'autre merdaillon, il est déjà cuit au bout de ses deux verres de rouge...

N – Oui, mais j'ai peur...

B – Mais puisqu'on te dit que c'est pas toi qui iras mais Tom, c'est le plus grand après tout... Tom, y va savoir ce qu'y faut faire, lui. Et pis, Tom, y sait toujours comment que s'y prendre avec putasson...

T – Je l'ai dans la poche, qu'on te dit. Et pis l'autre, y s'méfie pas de moi. C'est toi qu'y regarde toujours de travers comme un gros dégueulasse qu'il est... Et pis, je vais attendre qu'y s'endorme devant la télé pour lui verser le truc dans son verre. Y s'en rendra même pas compte.

Mais Nino résistait. L'idée de se savoir « débarrassé » du putasson pour toujours n'ayant pas encore pris sa forme pleine et entière dans sa tête de gamin terrorisé.

La controverse a duré un sacré bout de temps, je me rappelle. Une bonne demi-heure ? Une heure peut-être. Avant que ne tranche Tom en dernier ressort :

T – C'est moi qui irai verser les gouttes dans son verre, c'est tout... Je te l'ai déjà dit : rien à faire, y a toujours un moment où y pique du nez sur la table tellement qu'il a bu. La Janine et *pinpin* Germain (ainsi avaient-ils baptisé Germain Drambour) dorment déjà comme des souches : tu les as entendus quand y ronflent tous les deux ? (La question s'adressait à Nino.) Un coup de canon dans la rue, que ça les réveillerait même pas...

– Et pis, tu voudrais pas que le putasson revienne encore ce soir ou demain dans ta chambre, *nan* ? avait aussitôt renchéri Ben, non sans une once de perfidie pleine d'à-propos.

J'avais alors entendu Nino rétorquer, vaincu, un « non », certes proféré *sotto voce*, mais suffisamment ferme néanmoins pour que j'en ressente toute la charge d'effroi depuis mon poste de guet.

T – Alors, tu vois bien qu'on n'a pas le choix !

B – Et pis, c'est Tom qui va le faire, qu'on te dit ! Pas toi... Tu vas voir, on va vite t'en débarrasser, du putasson. Et pour toujours.

Nino a alors lâché un petit rire nerveux mais étouffé dans la foulée tant la peur qu'on puisse l'entendre l'effrayait.

– Allez, faut qu'on rentre, avait conclu Tom, sûr de lui, droit dans ses bottes.

Les gonds de la porte grinçaient déjà avant

même qu'il n'ait eu fini sa phrase.

– Mais c'est qui le génie ? avait toutefois encore insisté le benjamin.

– Mais qu'est-ce qu'on s'en fout qui c'est, le génie, avait conclu son grand frère, puisqu'il nous aide !

C'est sur cette déclaration impérieuse que s'était clos le débat – nulle objurgation possible. Nino s'était tu. La messe était dite. **Ça y est, la mécanique est lancée.** Tels sont les mots que j'ai écrits, dans le carnet, à la fin de cette étrange journée-là. Suivis également de ce terme tracé en très grosses majuscules :

JUBILATION

Pourvu qu'ils ne se fassent pas pincer ! Mais je comptais sur la grande intelligence et l'astuce de Tom : en fin observateur des comportements humains, il saurait quand agir.

16

Quatre jours s'en suivirent sans néanmoins que rien ne se passe. Pourquoi un tel silence ? D'autant que le trio de frangins ne revint pas dans son repaire tout le temps que dura cette pénible attente. Sale période. Drôle de guerre entre moi et moi-même. Rongé par l'inquiétude, je me demandais s'ils allaient suivre mes instructions ou, au contraire, lâcher l'affaire, découragés par j'ignorais quel imprévu. S'ils ne se trahiraient pas non plus, d'une manière ou d'une autre... Mille et une conjectures s'échafaudaient dans mon esprit bouillonnant sans jamais aboutir à une conclusion qui me rassure. J'en étais même à deux doigts de doubler la dose de l'anxiolytique prescrit depuis peu par mon médecin... Et pourtant, je n'avais pas d'autre choix que de ronger mon frein. Et espérer.

Le *14 avril*, cette simple note : « Madame Vaquier morte cette nuit, tombée devant sa cuisinière. La factrice l'a découverte ce matin. Penser à guetter les avis de décès pour savoir où et quand auront lieu ses obsèques. Brave vieille. Je l'aimais bien. »
Puis le *15 avril* : « Vu de loin dans la rue F. D. qui revenait à grands pas. Son bras n'est plus ni bandé ni entravé par l'espèce d'attelle qu'il portait depuis son accident. Putasson va sûrement vouloir se donner du bon temps... »

Puis il a encore fallu patienter deux jours supplémentaires avant que quelque chose ne se produise enfin. Oui, quatre longues journées en tout et pour tout et bien des suées pendant ce temps-là pour ce qui me concerne. Mais enfin, *cela* finit par arriver.
C'était un jour de soleil ; il faisait un temps splendide. Un ciel sans nuages, bleu d'un bleu

intense et pur, surplombait les toits de la ville encore engourdie de sommeil. Les tout premiers véhicules commençaient à sillonner les rues. L'heure du café et des biscottes avait sonné.

En robe de chambre, le cheveu ébouriffé, Dudley dans mes pattes à déjà réclamer son *Canigou*, j'allais verser de l'eau bouillante dans le filtre de ma cafetière quand j'entends une sirène hurlante au bout de notre rue. Subitement en alerte, je me revois écartant le rideau de la fenêtre de cuisine pour zieuter dehors, saisi par un brusque coup de chaud, le palpitant palpitant de plus belle, surtout en voyant d'un coup le véhicule de secours des pompiers s'arrêter net devant la cour des Drambour.

Oh ! Bordel ! Je crois bien que c'est ce que j'ai gueulé tout fort en comprenant subitement ce qui était en train de se passer.

Ça y est ! Ça y est : ils l'ont fait !

Mon Dieu ! Dans quel état j'étais ! un état de fébrilité incroyable où peur, espoir inouï et stupeur se mélangeaient allègrement. *Ça y est ! Ça y est !* Je n'avais que cette phrase qui me venait à la bouche. *Ça y est : ils l'ont fait.*

Suite à quoi, je me suis précipité dehors. En pyjama, pantoufles avachies aux pieds et robe de chambre grenat à ramures violettes sur le dos... Dudley jappant avec fureur derrière la porte que j'avais refermée devant sa truffe, mécontent de ne pas pouvoir se mêler au groupe de badauds qui commençaient déjà à se rassembler sur le trottoir en face de chez les Drambour. Certains des plus hardis avaient même contourné le véhicule des pompiers afin de mieux voir le spectacle tout en commentant :

– Vous croyez que c'est les mômes ?

– Oh ! non ! Moi, je dirais plutôt le mari... Madame Bernard, vous savez ? la mercière de la rue Dumont ? Ben, elle m'a dit l'autre jour que le monsieur (sa femme, elle est cliente chez elle, c'est elle qui lui a raconté) que le monsieur donc faisait des fois des chutes de tension…

– Gras comme il est, c'est pas surprenant !

– Moi, j'ai toujours dit qu'avec la vie qu'on...

Mais je n'ai pas retenu la suite de ce qu'expliquait cette vieille dame à fichu fleuri parce que les pompiers sont sortis à ce moment-là de chez les Drambour, portant une civière.

Avec le putasson dessus.

– Ah ! mais je le connais ! C'est le frère de l'autre, çui qui s'est blessé le bras avec une machine à son travail...

– Ah ! oui ? Moi, j'avais entendu dire qu'il était en convalescence *à cause* d'une chute d'échelle…

Renseigné par ce que je venais de voir, je n'eus plus alors qu'à retourner chez moi. Quel intérêt en effet que de participer au concert de jacassements du voisinage puisque je savais désormais à quoi m'en tenir. J'ignorais encore jusqu'où nous avions atteint le « tonton Frac » mais une chose est sûre, j'exultais.

Ils l'ont fait ! Oh ! Tom, je t'adore.

17

Oui, je revois tout comme si c'était hier : le grand chambard chez les Drambour, ce matin-là ; la petite foule qui observait de loin les hommes du feu affairés autour du patient (que j'avais bien reconnu sur sa civière, même à distance) ; la Janine dans sa cour, se tordant les mains d'anxiété sans savoir quoi faire d'elle-même ; Germain, son mari, qui gueulait je ne sais plus quoi depuis la fenêtre de leur salle à manger... Etc. Etc.

D'enfants, en revanche, nulle apparition.

Conclusion : ce n'est qu'une bonne demi-journée après que j'appris le fin mot de l'histoire par mes petits conjurés lors de la « réunion de crise » qu'ils tinrent cette fin d'après-midi-là, à peine avaient-ils eu quitté l'école :

– Il a fait un *infractus* qu'y z'ont dit, jubilait Ben excité comme une puce, un super méga infractus *qu'il lui a* bousillé sa gueule, au putasson.

Et Tom de se réjouir bruyamment avec son petit frère.

– Mais il pourrait tout de même se repointer une fois guéri, non ? avait cependant susurré Nino qui osait à peine formuler cette question. Une question qui contenait toute l'angoisse du monde.

– Ah ! non, alors ! lui jurèrent ses frangins. Jamais y reviendra, l'autre saloperie. Jamais. Promis. Il est bien trop atteint pour pouvoir rentrer nous pourrir à la maison...

Nino ne les avait crus qu'à demi jusqu'à ce que Janine, désolée, leur confirme que son cher beau-frère resterait « hémicéplige » à vie... (paroles de Ben) qu'il faudrait le placer « pour toujours » dans une sorte d'hospice pour patients très handicapés...

– "Hémiplégique" ! avait aussitôt rectifié Tom en exultant, hilare et satisfait à la fois, "hémiplégique" : ça veut dire, avait-il expliqué à Ben, qu'il a tout un côté paralysé... Tu entends, Nino, *PA-RA-LY-SÉ* ! Tout le côté gauche en fait... Y peut plus bouger tout seul, le putasson, avait-il encore commenté en se gaussant. Même pour se torcher !

Affirmation qui l'avait fait presque gueuler de bonheur... Sans le voir, j'étais pourtant sûr qu'il dansait une danse d'indien sur place, devant les deux autres, tant son corps de môme de onze ans ne pouvait plus se tenir de joie.

– Plus jamais le putasson y pourra venir t'embêter la nuit, tu piges ? Plus jamais !

C'est là que j'entendis Nino se mettre à chialer à gros bouillons derrière la grille de mon faux confessionnal. Nino pleurait, pleurait, le nez tout morveux (ce bruit si caractéristique de reniflements mouillés, de hoquets incoercibles, de bave qui coule et qu'on aspire en reprenant sa respiration...) Nino pleurait toutes les larmes de son corps... *Pleure ! Pleure, bel enfant ! Laisse ruisseler l'eau de vaisselle de ton malheur ! Laisse-toi aller, libère-toi de ce lourd poids de douleur, de cette lie sombre qui stagnait en toi depuis si longtemps. Maintenant, tu vas pouvoir vivre libéré : Francisque Drambour a subi son châtiment.*

Moins de vingt minutes après, les trois lascars chantaient à tue-tête :

*Du mois de septembre au mois d'août
Faudrait des bottes de caoutchouc
Pour patauger dans la gadoue – la gadoue –
la gadoue...*

N – Chuuut ! Pas si fort quand même ! Elle va nous entendre !
T – Tu parles ! Elle est vautrée depuis ce matin sur sa chaise. Ça fait trois heures que l'Anita essaie de la consoler, la Janine. Et pinpin, il est parti voir son frère à l'hosto.
– Bien fait pour elle, entendis-je alors Nino rétorquer à voix beaucoup plus basse, mais assez intelligible néanmoins pour avoir retranscrit ses mots *texto*, ce soir-là, dans mon carnet. Si y pouvait crever, son connard de beau-frère !
Il n'ajouta rien de plus. *Ite missa est !*
Voilà sur quelle formule célèbre j'ai clôturé cette journée du 17 avril.

Après ces événements, les choses changèrent. Doucement, certes, mais sûrement... pour les enfants, que la disparition du danger libéra de leur peur ; pour moi, qui pouvais enfin respirer.

On n'a plus jamais revu Francisque Drambour par la suite. On l'avait placé (comme rapporté par Tom) dans un hôpital spécialisé dans les infirmités physiques, puis transféré dans un autre établissement – personne ne savait où. Puis on l'a carrément oublié.

De mon côté, l'après Drambour fut comme la fin de ma métamorphose vers une façon d'être plus heureuse. La vie reprit donc son cours, comme on dit. Et moi mon destin en main.

Puis le temps a passé.
Les jours.
Les semaines.
Les mois.
Les années.
Jusqu'à aujourd'hui.

18

Voilà, j'ai raconté l'essentiel de cette histoire – un moment majeur de mon existence bien que, somme toute, étalé sur une période relativement brève. J'ai tout pile soixante-douze ans depuis le début de ce mois. Et peut-être encore quelques belles années à vivre. Du temps aussi : celui du retraité vaquant à ses menues occupations. C'est ainsi qu'à la faveur d'un grand rangement (le genre dans lequel on se lance une fois tous les vingt-cinq ans), je suis retombé par hasard sur ce carnet dont je n'aurais su dire, une heure avant, où j'avais bien pu l'entreposer... Tout bêtement dans un carton parmi d'autres cartons dans le grenier ; d'immenses toiles d'araignée drapaient le fourbi accumulé au fil des décennies sous la charpente de la maison. Tout y sommeillait d'un sommeil épais et étal de Belle au Bois Dormant – des lustres de poussière et d'immobilité – quand j'ai voulu remuer tout ce bazar pour en inspecter le contenu, faire du tri, garder certaines choses quand même, en jeter d'autres (une part non négligeable étant destinée aux compagnons d'Emmaüs...)

C'est dans un carton à chaussures, posé sur une pile de manuels scolaires des années 50, qu'il m'est en quelque sorte « réapparu », ce carnet : subitement subjugué, j'ai tout laissé en plan pour le relire... Eh oui ! une flopée de longues années après et tout m'est revenu – tout : ma panique en découvrant quel danger les guettait ; ce drôle de sentiment qu'il me faut bien appeler du bonheur à « fréquenter » ces enfants tout en jouant avec eux au bon génie invisible ; le souvenir de la douleur dans ma cuisse droite comme un lointain rappel de mon accident de jadis ; ma peine à entendre les mioches pleurer ; ma joie à les écouter rire et jaser et reprendre les chansons de la radio – mon soulagement énorme une fois acquise la certitude que jamais, au grand jamais, Francisque Drambour ne serait plus en mesure de faire du mal à Nino...

Oui, c'est tout ça qui m'est remonté comme remonte d'un puits une vase remuée au bout d'un grand bâton. J'ai relu avec émotion pour me sentir soudain envahi par le besoin impérieux de raconter cette histoire… Suivi par l'envie tout aussi forte de la faire publier une fois achevé le travail d'écriture.

J'y ai donc réussi (un éditeur de la rue Charlemagne à Paris), heureux de ma bonne fortune, certes, mais bien davantage encore de savoir que je *sauvais* un peu, entre ces pages, de l'histoire de ces enfants en la racontant. Mon récit serait en quelque sorte un modeste tombeau dédié à leur mémoire *malgré leur effacement*.

Mon bonheur est immense de l'avoir fait... Et de sentir, au plus intime de mon être, qu'un jour, j'avais accompli quelque chose d'essentiel, de fort et de beau. Oui, je dis bien « de beau » puisque j'ai soustrait ces gamins à un danger avéré. J'ai joué à Dieu et j'ai gagné. Nul ne pourra jamais me faire regretter mes actes d'alors... Même si d'aucuns les jugeraient assurément répréhensibles. *Dixi*.

Pour finir, qu'ajouter ? Un dernier mot sur les enfants peut-être. Après l'éviction de Drambour frère, les choses se donc sont tassées ; une certaine tranquillité s'est installée dans la maison voisine : moins de cris, plus de routine.

Les petits se tenaient à carreau. Les grosses bêtises cessèrent. Ils ont encore vécu une bonne année chez les Drambour avant leur départ pour une autre famille de la région. Certains les croyaient expédiés du côté de Beaune, d'autres au nord du département, à deux pas de la Haute-Marne... On ne savait pas trop en réalité.

Et puis un jour – je me souviens combien ça m'a serré dans la poitrine, serré, serré en lisant l'article du journal –, on a appris leur mort. À tous les trois. Ensemble, d'un seul coup : une nuit grise de janvier ; il faisait froid, le temps était au gel, le ciel plombé... avec le poêle de leur chambre qui tirait mal dans leur nouvelle maison d'accueil... un brouillard à couper au couteau... les bûches pas assez sèches qui brasillaient dans l'âtre avec, en plus, une cheminée jamais ramonée... la mort au monoxyde de carbone les cueillant doucement dans leur sommeil.
Ainsi s'est achevée leur courte existence.
Si, un jour, vous venez à passer dans le petit village d'Arconcey en Côte d'Or, arrêtez-vous donc au cimetière assoupi au pied de son église ! C'est là que les trois enfants reposent. Dans la concession perpétuelle de leur grand-mère paternelle... (Information recueillie bien des années plus tard à la faveur d'un hasard...) Dès le portail de ce jardin des morts franchi, une imposante tombe de prêtres vous accueille avec sa grande croix en pierre grise. En prenant à gauche la

dernière rangée qui descend en pente douce jusqu'à derrière le chevet de l'édifice, vous passerez devant plusieurs sépultures dont celle, notamment, des Robert Hauteville (sommée de sa stèle en granit clair)... Continuez alors le long de cette dernière rangée pour finalement arriver – avec le clocher dans votre dos et le nord du village face à vous – au monument funéraire du couple Yvra Robert jouxtant celui des Meuriot Josserand, lui-même voisin (vous y serez enfin) de la tombe des chenapans, une tombe toute nue, envahie par les mauvaises herbes. Sans croix ni inscription. Comme abandonnée… mais ornée toutefois d'un beau lilas qui a poussé là, à sa tête... L'arbuste sent bon. Je sais de quoi je parle, c'est moi qui l'ai planté il y a plus de quinze ans en arrière et qui, tous les ans, viens en tailler les branches. Et le temps d'un soupir me recueillir sur la tombe de mes gentils petits monstres.

Observez alors – même un bref instant – le menu cours du temps qui passe entre les sépultures endormies. Et, tout en pensant un peu à ces enfants, écoutez le pouls quelque part encore battant de leur cœur qui hante le silence de ces lieux.

Boulevard des Astres

« Et puis un jour [...] on a appris leur mort. À tous les trois. Ensemble, d'un seul coup. » – eh bien non, faux !... faux ce renseignement pernicieux tiré d'un journal dont le reporter avait commis cette grossière erreur... Les petites victimes n'étaient pas – n'ont jamais été – au nombre de trois, l'une d'entre elles ayant en effet miraculeusement réchappé à l'asphyxie : Tom, l'aîné de la fratrie, en l'occurrence...

Pourquoi une telle bévue ? Probablement une négligence du journaliste en question ou, plus probablement encore, à cause du goût hélas jamais démenti de certaine presse pour le sensationnalisme à tout crin... Pensez donc : trois d'un coup !

Si, à l'époque, j'avais pu ne fût-ce qu'une seconde me douter que c'était faux, j'aurais... J'aurais *quoi* ? Qu'est-ce que j'aurais donc fait ? Rien, j'imagine. Je me serais sans doute contenté de ruminer l'information une journée ou deux, le temps d'en digérer toute l'amertume, avant de tout simplement passer à autre chose – voilà ce que j'aurais fait... Peut-être cependant que savoir un des mômes sain et sauf eût-il malgré tout allégé un tant soit peu la tristesse que je conçus lorsque j'appris la nouvelle de ce drame ? Pas si sûr !

Quoi qu'il en soit, les jours qui suivirent la découverte de l'incroyable nouvelle (Tom a survécu), un étrange sentiment de *déphasage* s'était emparé de tout mon être. La blessure à nouveau ouverte se remit à saigner, où que je fusse : au supermarché, à la pharmacie, dans la salle d'attente de mon médecin ou encore à la piscine – rien n'y faisait. Les trois petits spectres s'imposaient à moi comme un souvenir trop longtemps oublié.

Quarante-cinq ans s'étaient écoulés que je n'avais cependant pas encore vraiment fait le deuil de cette histoire-là.

Cher Monsieur,
(Ainsi me pris-je la claque en pleine figure...)

Si vous lisez cette lettre, c'est que votre éditeur vous l'aura transmise, j'en suis heureux.

Il se trouve que je viens de découvrir votre ouvrage par hasard tandis que je flânais dans la librairie près de chez moi. C'est votre drôle de titre, Le Génie du cagibi, *qui a attiré mon attention... parce que ce mot en particulier – cagibi – m'évoque invariablement, dès lors que je le croise, le cabanon qui, chez ces gens-là, nous servait effectivement de refuge à mes frères et à moi au cours de notre placement chez eux, cabanon que vous avez si bien décrit sans néanmoins l'avoir vu plus de dix secondes dans votre vie ! Ceci avant que je ne réalise que ce que votre livre racontait, c'était en fait tout bonnement* notre *histoire... oui, bel et bien notre histoire* à nous.

Non, les trois enfants dont vous parlez et que vous avez connus (il avait souligné les mots précédents) *ne sont pas* tous *morts, il s'en est égaré un sur les rives de la vie, sauvé in extremis par les pompiers : moi, Thomas... moi qui vous écris...*

Suite à quoi le survivant retraçait en quelques lignes à peine ce qu'il était devenu avant de me proposer de nous rencontrer dans un café de la région. Invitation accompagnée de son adresse e-mail, le tout signé Thomas Samsa.

Comment exprimer l'ahurissement qui résulta de cette lecture, laquelle me laissa sidéré un bon moment alors que, dix secondes seulement avant d'ouvrir cette lettre, j'étais encore vierge du choc qu'elle allait me provoquer ? J'avais en effet toujours ignoré le patronyme des enfants et voilà que je l'apprenais comme ça, au débotté, sans crier gare... tandis qu'autour de moi, l'espace, d'un seul coup, me sembla se vider de toute sa substance même pour créer comme un étonnant appel d'air qui me donnait le frisson dans le dos...

Je me revois en train de balancer le pour et le contre sans parvenir à une décision ferme. *Le rencontrer ? Ne pas le rencontrer ? Pour lui dire quoi ?* Je nageais dans le potage ! Pourquoi ces tergiversations ? Et cette gêne au fond de mon estomac face à ce passé qui me revenait de si loin à l'instar d'une comète lourde de mauvais présages ? Eh bien, je vais vous dire, pourquoi : à cause du rôle un peu *sale* que j'avais joué dans cette affaire-là si longtemps en arrière... sale, en effet, dès lors que j'acceptais de le reconsidérer, ce rôle, à la lumière du changement de mentalité intervenu depuis : impossible désormais de me cacher derrière mon petit doigt, je m'étais montré lâche et malavisé dans ma manière d'intervenir dans le drame que vivaient ces enfants...

Il me fallut toutefois deux bonnes journées avant de finir par me décider à accepter l'invitation de Tom, le besoin de « savoir » l'emportant sur tout autre considération. (Avec aussi, au fond du cœur, j'imagine, l'espoir d'une potentielle absolution de sa part ?) Je lui donnai ainsi rendez-vous au Café parisien à S. pour le dimanche suivant à 15 heures. Il lui faudrait bien trois bonnes heures de route avant d'arriver.

Le Café parisien à S., dans son jus depuis les années 1820, est réputé pour avoir accueilli jadis des écrivains célèbres. Jean Genet notamment. Salle toute en longueur, plancher usé, stucs blancs au plafond comme aux murs, miroirs anciens, bar au diapason – on y respire un délicieux parfum de Belle Époque un peu suranné.

Je venais à peine d'en pousser la porte que je

repérai Thomas sur-le-champ. Il était à la table estampillée « Jean Genet ».

– Alors, vous voilà !

Ne pouvant ignorer la pointe d'incrédulité que contenait cette exclamation, je ne sus répondre que par le geste de mes deux mains grandes ouvertes devant moi, geste qui signifiait sans ambages : « Eh pourtant, si ! Je suis bien là », cependant que, sentant ses yeux braqués sur mon visage, j'essayais de m'asseoir sans trop de gaucherie, avec l'espoir qu'il continuerait de parler.

Seuls trois autres clients dans la pièce ; l'un d'entre eux bavardait au comptoir avec le patron.

Consommations commandées, impatients de part et d'autre, j'imagine, d'en venir enfin au fait, c'est lui qui a ouvert le bal :

– Hum ! à vrai dire, je suis content et... surpris que vous soyez *quand même* venu. Après tout, tellement d'eau a coulé sous les ponts !...

Sa phrase n'appelant pas nécessairement de réponse, je m'étais contenté d'opiner du bonnet comme pour l'encourager à continuer tandis que me frappait à la volée toute l'étrangeté de la situation. Il est vrai que l'image du Tom enfant que je conservais en mémoire depuis des lustres « collait » si peu avec celle du gars assis en face de moi que je ne pouvais qu'en éprouver une sensation de bizarrerie. Quarante ans et des poussières plus tard, ce n'était pas si étonnant que ça après tout ! Qu'existait-il en effet encore du môme de jadis chez ce quinquagénaire ? une impression de *déjà vu* dans la courbe de son front ? cet épi indomptable au-dessus de son crâne peut-être ? (une houppette de cheveux gris en lieu et place du pinceau dru de crin noir de 1967) et ce quelque chose d'inchangé dans les yeux ? Sans doute aussi…

Ce fort sentiment de décalage ne s'estompa qu'en cours de discussion, remplacé alors par un autre écueil tout aussi embarrassant : fallait-il lui dire « tu » ou « vous » ? « Tu », c'était s'adresser au corps *perdu* d'un enfant croisé des lustres en arrière mais entre-temps métamorphosé par le passage des années en cet homme-là ; lui donner du « vous », cela revenait à supprimer définitivement ce peu de *lien* – si tant est qu'il ait jamais existé ! – qui perdurait cependant encore entre lui et moi.

Le vouvoiement l'emporta cependant.

Pour tout dire, nous commençâmes par des banalités : quels étaient nos lieux de résidence respectifs ; les chemins de fortune qui nous avaient conduits ici plutôt que là ; les rencontres et événements qui avaient pu influer sur le cours de nos existences ; les professions que nous exercions ou que nous avions pu exercer (moi-même étant retraité alors que lui, pas encore) :

– Comme vous le constatez, je ne bouge guère mon bras droit… (Détail, il faut bien le dire, que je n'avais pas du tout remarqué de prime abord, ce sur quoi, il ajouta aussitôt) :

– Oui, ce n'est pas flagrant mais, que voulez-vous, trente-cinq ans de parpaings et de seaux de ciment à se coltiner tous les jours à longueur d'année, ça n'arrange pas les articulations ! Oui, souffla-t-il encore comme s'il s'excusait de j'ignorais quelle faute de goût, je suis maçon – employé dans la même entreprise depuis mes vingt-et-un ans et le corps ne suit plus… Mmm ! enfin *"j'étais* maçon" serait plus exact... jusqu'à juin dernier en fait : la commission des personnes handicapées vient en effet de m'accorder une pension d'invalidité...

Maçon ? Je serais bien incapable d'expliquer pour quelle raison mais, une fois de plus, cette information me prit par surprise. Étonnamment, je crois bien que c'est de la déception que je ressentis, déception provenant, j'imagine, de quelque obscur préjugé qui s'était forgé en mon for intérieur, toutes ces années-là : celui d'avoir toujours fait mienne l'idée qu'un enfant tel que Tom (un gamin très intelligent, vif d'esprit, caustique) aurait forcément *dû* accéder à une profession intellectuelle si la camarde, comme je le croyais encore moins d'une semaine avant, ne l'avait pas fauché en sa prime jeunesse. Mais pas un métier manuel, c'est certain. Alors, maçon !...

– Ça me suffit pour vivre.

– Oui, j'imagine que ça n'a pas été toujours facile pour vous.

À peine prononcées, je regrettai ces paroles. Peut-on se montrer aussi maladroit ! surtout avec les gens qu'on ne veut surtout pas blesser.

Mais trop tard, c'était dit.

– Oh, vous savez, ce n'est facile pour personne... Et ce n'est pas parce que vous avez vécu *une situation* pénible, dans votre enfance, que vous avez le monopole de la douleur pour vous seul.

Je compris alors deux choses en l'entendant rétorquer ces mots : *primo*, qu'on avait déjà bien dû lui réserver un sacré paquet de fois, dans sa vie, ce ton compassionnel que j'avais utilisé naturellement pour le plaindre sans même en peser tout le potentiel de condescendance et, *secundo*, que nous venions enfin d'entrer dans le vif du sujet. Au demeurant, c'est lui qui attaqua :

– Alors, comme ça, vous nous épiiez ? Sans qu'on ne s'en rende compte ?... C'est stupéfiant d'imaginer un truc pareil !

Avant de répondre, je bougeai sur ma chaise comme quand on réagit brusquement à une impatience :

– En effet ! En réalité, pour tout vous dire, ce que je vais vous expliquer ressemble beaucoup à ce que vous avez lu dans le livre...

Et là, je repris l'essentiel des éléments relatés dans mon bref opuscule : mon atelier contigu à leur cagibi ; ma surprise en entendant un jour leurs voix surgissant de derrière la grille ; la découverte du secret de son frère cadet ; etc. etc.

Il acquiesçait doucement, attentif, lui aussi tiré par la manche par ce très lointain passé. Mes mots le replongeaient dans une époque sur laquelle il n'avait peut-être pas l'habitude de revenir ?

– Et puis donc, continuai-je, il y a eu la voix de Nino, votre frère. On aurait dit celle d'un des Petits Chanteurs de la Croix de Bois... Cette voix m'a étrangement ému, je m'en souviens encore.

Je revins alors sur mes longs moments d'attente fébrile jusqu'à leur arrivée dans leur turne ; sur cette peur diffuse mais puissante dans tous mes membres une fois averti du danger au-dessus de leur tête...

– ... et cet horrible bonhomme... ce... ce...

– ... putasson, acheva-t-il. Le Putasson... (Nom honni qu'il cracha en grimaçant un peu.) Oui, c'est Ben qui l'avait affublé de ce sobriquet... un sobriquet bien léger pour une ordure pareille. (Son timbre d'un coup assombri en prononçant ces mots.)

– Il n'y a eu alors, repris-je, personne pour vous aider ? Personne à qui vous auriez pu...

Il ne me laissa même pas finir, me coupant la parole d'un mouvement de tête brusque, le front soudain ennuagé par un voile d'amertume :

– Non, personne. Il y a bien eu cette tentative de Ben auprès de mademoiselle Dubué, notre institutrice – sans résultat... Au lieu de quoi, elle nous avait sorti : "Il faut que vous soyez gentils avec votre tonton ; les tontons aiment toujours leurs neveux quand ils sont bien obéissants". Zut alors ! si elle avait été en mesure de comprendre ce que signifiait la phrase de Ben quand il lui disait : "Tonton Frac vient border Nino la nuit et il l'embête", elle ne nous aurait pas intimé cet ordre d'être "gentils avec lui" !

Il rêvassa cinq secondes durant avant de planter ses yeux dans les miens :

– Et vous ? Qu'est-ce que vous avez fait ?

Décontenancé par cette question fusante qui ressemblait plus à une attaque qu'à une réelle interrogation, il me prenait de court...

– Euh !... moi ? Euh ! comment dire ? Vous comprenez, tout était si confus... et délicat : à qui parler ? Vers qui se tourner ? La police ? Les gendarmes ? Fin des années 60, personne ne parlait de pédo'... *de ce crime-là,* quoi !... Sans compter que ça n'existait même pas les assistantes scolaires en ce temps-là... et sûrement pas dans les écoles primaires, en tout cas, même en ville ! J'ai bien pensé à tout ça... Ça me minait, je ne savais pas à qui le dire... Je ne savais pas quoi faire. J'étais un peu comme une mouche prise dans une toile d'araignée...

Je lisais une grande colère dans ses yeux. Un courroux à moi adressé comme à la terre entière.

– Oui, je me sentais tellement démuni face à cette situation... si seul, répétai-je pourtant, faute de mieux, tête basse...

J'osais à peine croiser son regard sévère.

– Seul ? Et nous alors !

Tom avait presque crié ces mots tant l'urgence de me projeter à la face son agacement – incontrôlable, son agacement – l'avait saisi.

Pendant ce temps-là, grand calme dans le

café. Deux clients partis avaient entre-temps été remplacés par d'autres.

– Oui, je suis désolé... tellement désolé... Si ç'avait été aujourd'hui, peut-être que j'aurais réagi autrement ?

Tandis que je me justifiais de la sorte, j'ai bien vu que sa rage refluait, remplacée aussitôt par un sourire franc chassant le reliquat de nuages noirs toujours sur son front :

– Excusez-moi ! Ne faites pas attention mais c'est de revenir là-dessus qui me... (Il n'acheva pas sa phrase.) Vous, au moins, vous avez quand même essayé de nous aider. Malgré tout... Et je vous en suis infiniment reconnaissant.

Chacun a alors levé son verre pour boire une gorgée, histoire de se donner une contenance après ce petit esclandre.

– Hum ! et ce Drambour... vous savez ce qu'il est devenu ?

– Oh ! lui ? lui, oui, je sais… et j'ai même réussi à savoir où il vit *encore aujourd'hui* !

Tom avait proféré ces paroles avec un brin d'espièglerie dans la voix, bien conscient de l'effet de surprise qu'elles allaient produire sur moi.

– Vous voulez dire que... ?

– … qu'il vit toujours, acheva-t-il à ma place sur un ton plutôt badin. Eh oui ! toujours de ce monde, le putasson !

Je n'aurais pas dû me sentir aussi estomaqué : après tout, ce Francisque Drambour n'était pas aussi âgé que ça au moment des faits...

Toutefois, comment ne pas être frappé par l'extraordinaire de la nouvelle ? chose qui n'échappa pas à Tom :

– Et figurez-vous que si je sais qu'il est toujours de ce monde, c'est parce qu'il y a quoi ? oh, sept, huit ans à peu près... je l'ai recherché. *Et retrouvé.*

Eh oui ! je t'ai bien eu, mon coco ! semblait me dire son œil qui frisait tandis qu'il guettait ma réaction, mince sourire aux lèvres.

Un petit silence s'est alors installé entre nous, le temps sans doute que j'assimile l'information tandis que lui, de son côté, semblait replongé dans les limbes de son passé. Rêveur.

La machine à café continuait de lâcher ses jets de vapeur. Deux femmes, des touristes anglaises, attendaient leurs consommations tout en bavardant. Un gros type en bleu de chauffe-moustaches à la Super Mario discutait avec un autre gros type d'une soixantaine d'années, mais chauve comme un œuf, celui-là !

J'essayais d'imaginer Drambour âgé. Avait-il conservé cette espèce de regard huileux qu'on ne rencontre que chez les sournois et les traîtres ? Cette façon malsaine de sourire aux enfants ? J'en étais à ce stade de mes réflexions quand Tom Samsa a recommencé de parler :

– Vous savez, à l'époque en question – celle où je m'étais mis à la recherche de Drambour –, je venais de perdre mon fils...

– ... ?

– ... un accident de scooter... un refus de

priorité par un type alcoolisé... Guillaume est mort sur le coup.

Ce fut dit de manière lapidaire comme s'il s'était répété cette petite phrase – petite mais ô combien terrible – des dizaines et des dizaines de fois avant d'avoir réussi à enfin en accepter le verdict. Définitif.

– Et puis Yolaine, ma femme, m'a quitté dans la foulée. Il faut la comprendre : j'étais devenu une larve, un fantôme infoutu de redonner un sens à sa vie : avec la mort de mon fils, j'ai aussi enterré notre mariage – plus rien ne comptait à mes yeux... Tout était comme ensuqué dans une espèce de brouillard épais dont je n'arrivais pas à m'extraire : tous les gestes du quotidien, tout ce qui constitue une vie d'homme ordinaire avait perdu son sens... devoir se rendre au travail, devoir se lever le matin, boire son café ; devoir parler à son épouse... Tout me pesait, me blessait... Oui, et cet effrayant détachement des choses, des êtres – même des plus chers – m'est tombé dessus... Bref, *je ne voulais plus*... Plus rien... de personne. Je vivais anesthésié par la disparition de Guillaume, foudroyé aussi par la culpabilité (le scooter, c'était mon cadeau d'anniversaire pour ses seize ans) mais il fallait pourtant bien continuer... se traîner tous les jours jusqu'au chantier – traîner sa misère... traîner son cœur amputé... Yolaine n'a plus supporté. Et puis ce reproche dans ses yeux, cette mise en accusation tacite... "Pourquoi lui as-tu donc offert ce fichu scooter alors que moi – *moi !* –

j'étais contre ? Pourquoi, espèce d'imbécile ? Pourquoi es-tu responsable du décès de notre fils ?" Oh ! elle ne m'a jamais accusé comme ça, de manière aussi frontale... Non ! Jamais. Mais cette lueur farouche qu'elle avait désormais dans le regard valait toutes les paroles, ce qui a également contribué à m'enfoncer dans encore davantage de brouillard... Les aliments avaient perdu leur saveur. Les chansons qu'enfant j'aimais tant fredonner avec mes frères – *La poupée qui fait non ! Capri, c'est fini ! Les Marionnettes...* –, toutes les chansons avaient épuisé leur charme. Je n'arrivais plus à chanter. Sur les chantiers, même mes collègues ne chantaient plus, comme pour m'apporter leur soutien, un soutien silencieux, grave – c'était là leur manière de respecter mon deuil. Un sang invisible n'arrêtait pas de couler de ma blessure. Et puis, un matin, je n'ai plus réussi à me lever. Qu'est-ce que j'en avais à foutre du chantier ? Qu'est-ce que j'en avais à foutre de toutes ces maisons qu'on construisait ? Quelle importance puisque tout avait été aspiré par le néant autour de moi !

Et puis un soir donc, Yolaine m'a quitté. Sans fracas, sans hauts cris... J'ai simplement entendu la porte claquer. C'était fini.

Tom a fait une pause, absorbé par ces souvenirs douloureux, avant de reprendre :

– J'ai entendu qu'elle mettait en route le moteur de sa voiture puis le bruit de celle-ci en train de s'éloigner sur le gravier... *Bye ! Bye !* je n'avais plus de femme... plus de fils... plus envie de rien.

J'écoutais attentivement son histoire tandis que, d'un geste, j'avais commandé une carafe d'eau au cafetier. Tom Samsa s'est tu le temps que le gars la pose sur la table ainsi que les verres ; les autres clients autour de nous semblaient à peine exister tant le récit de Tom me les avait rendus comme lointains, dématérialisés...

– Et puis, reprit-il, les mois ont passé... les médocs... l'arrêt de travail... les repas à base de boîtes de conserve mangées telles quelles, réchauffées sur la gazinière... parce que, oui, le corps ne vous fout jamais la paix. Il faut manger malgré tout, même si le cœur n'y est pas ! Et les antidépresseurs... les analgésiques... et toutes ces semaines de sommeil de plomb que j'ai vécues... des semaines à respirer comme respire une carpe hors de l'eau avec ce sentiment d'étouffement qui me saisissait souvent, comme ça, au débotté, lorsque l'image de Guillaume – mon Guillaume, jeune, flamboyant, avec son casque sur la tête –, me faisait signe de la main... "Au revoir papa ! Je rentre pas trop tard ce soir..." Oui, ces images qui surgissaient d'un coup et me coupaient la respiration... *Il est mort ! Il est mort !* que ça criait en moi... Alors je retombais sur l'oreiller, incapable de sortir une larme de plus tellement j'en avais déjà versé des litres jusque-là... Puis ces longues plages de torpeur où je rêvassais dans mon lit, seul désormais, entre les draps froissés – où je remuais comme un animal blessé qui, dans sa bauge, n'arrive pas à chasser la douleur lovée quelque part dans son corps meurtri...

Dans la rue, une automobile a klaxonné, ce qui a fait sortir Tom de ses songes.

– Tout ça, quoi ! Enfin, voilà ce qui s'est passé.

Je me taisais, lui laissant à dessein chemin libre pour qu'il continue :

– Et puis, bizarrement, un matin, voilà que hop ! je me mets à penser à ma mère... comme ça, sans raison... ma mère que nous n'avons quasiment pas connue, mes frères et moi : l'Assistance Publique nous a placés alors que je n'avais pas encore cinq ans ! Et voilà donc que, ce matin-là, comme ça, sans crier gare, l'urgence de repartir en quête de ma mère s'empare de moi... pour ne plus me lâcher !

– Et vous n'avez conservé aucun souvenir d'elle ? Aucun ?

– Si ! quand même... mais pas grand chose : une silhouette brune, une coupe de cheveux qu'étrangement j'ai redécouverte dans *La Môme*, vous savez ? le film... la coupe d'Édith à vingt ans lorsqu'elle pousse la goualante sur les trottoirs pour quelques sous, avec Momone qui passe le chapeau... Eh bien là, bing ! ça a fusé dans ma tête sans que j'aie vu venir : c'était la coiffure de ma mère…

Une ride de concentration s'était dessinée sur son front tandis qu'il fouillait son passé...

– Et vous dites que c'est venu comme ça,

subitement, ce besoin de repartir sur ses traces ?

– Hum, hum !... Tout à fait... Le besoin, oui, c'est le mot. Un besoin inexplicable, viscéral... du jour au lendemain – comme si c'était devenu la seule planche de salut à laquelle j'aurais pu me raccrocher... C'est alors devenu tellement essentiel que ça m'a comme galvanisé. Je me revois sautant du lit ce matin-là (alors que je traînais depuis des jours dans mon plumard) pour me précipiter sur le tiroir où dormaient mon livret de famille, mon livret de placement de l'Assistance, etc... oui, ce fameux livret avec sa couverture noire et brillante... une espèce de moleskine, je suppose, mais granuleuse au touché et toute craquelée du fait du passage du temps... Aucune photo de notre mère cependant : nous n'en avons jamais possédé.

– Et de son visage ? De son visage, vous n'avez conservé aucune image ?

– Non, quasiment pas, en effet. Seule la forme vague d'un ovale blanc... Et pourtant, voilà que rejaillissait en moi le besoin cuisant de savoir les raisons de notre abandon, des trop nombreux placements et déplacements que nous avons dû subir – jusque chez les Drambour – pour continuer encore après. Tout ça, quoi !

Ma mère se prénommait Georgette. Le peu que j'ai appris à son sujet provient des documents que je me suis procurés auprès des services de l'Assistance Publique dans les années 90... Il se trouve que, oui, j'avais déjà tenté une petite enquête avant cette crise dont je vous parle... quelques recherches à la demande de mon fils Guillaume justement, Guillaume à qui il arrivait de m'interroger sur ses grands-parents... C'est comme ça que j'ai appris qu'elle était née à Grenoble avant guerre... qu'elle a vécu très tôt – dès la fin des années 50 – en région parisienne... Pour quel motif ? Pour devenir bonniche chez les bourgeois ? Placée très jeune afin de gagner son pain quotidien ? Peut-être en rupture de ban avec sa famille, car déjà enceinte après avoir fauté avec l'homme qui, manifestement, a été notre père à tous les trois, nous, les enfants Samsa ?... J'en sais rien. Je note au passage que Samsa, c'était son patronyme à elle, pas le sien... Elle était en effet ce qu'on appelait alors une "fille-mère".

– Et votre père ? l'interrompis-je. Vous n'avez rien de lui non plus ? Aucune photo ?

– Non, rien de rien. Encore moins même que pour notre mère. Lorsqu'il s'agit d'évoquer notre père biologique, c'est le néant ! Il ne nous a même pas légué son nom de famille, que je vous dis !... Qui était-il, ce gars-là ? Pourquoi n'ont-ils pas officialisé leur union ? Quel obstacle les en a empêchés ? Allez donc savoir !... On s'imagine toujours sortir de la cuisse de Jupiter alors qu'en réalité, il n'en est rien. Le plus plausible pour ce qui le concerne, c'est qu'il n'était sûrement qu'un coureur de jupons incapable d'assumer son statut de père, voilà tout ! Bref, c'est là le scénario qui me semble le plus proche de la vérité. Qui pourrait le dire ?

Parmi mes amis d'alors, j'en avais un (qui est toujours un ami) dont le fils, Grégory, devenu généalogiste dans la capitale, a bien voulu me donner un coup de main dans mes recherches. Officieusement, en tout cas ! J'avais cet atout-là dans ma manche, alors pourquoi ne pas en profiter ? C'est ce que j'ai fait. Grâce à lui, j'ai fini par apprendre que notre mère a vécu avec un certain monsieur De Witt – que ce De Witt (je cite Grégory) "était probablement son employeur" (notre géniteur peut-être ? je ne sais pas), mais qu'après ça, on la perdait assez tôt dans les archives… Conclusion : un cul-de-sac...

J'ai également appris pas mal de choses par le rapport de police présent dans notre dossier. Dossier qui relate le jour où les pandores nous embarquaient pour notre transfert à l'Assistance Publique, place Denfert-Rochereau… Il y est dit que, ce soir-là, Georgette, notre mère, s'était absentée, nous ayant laissés "livrés à nous-mêmes"... que nous logions dans un garni sordide à Montreuil et aussi qu'elle avait prétendu s'être absentée pour aller "toucher la pension" versée par notre père "prisonnier" (?)

Tom a terminé sa phrase avec le signe des guillemets dessinés en l'air, la mine dubitative, pour reprendre aussitôt :

– En 1997, j'avais en outre écrit au Ministère de l'Intérieur pour demander si, "dans les registres des personnes écrouées début des années 60 à la Santé ou en région parisienne", il n'y aurait pas la signature d'un homme "que j'essaie de retrouver – mon père". Suite à quoi je retraçais l'historique de mes recherches avec le peu de précisions que je possédais... Je suggérais alors (naïf que j'étais !) que ce ne serait sans doute qu'une formalité pour leurs documentalistes de débusquer le nom du prisonnier en question – nécessairement accolé à celui de sa visiteuse – sur les registres des visites de l'époque... Facile comme bonjour "puisque tout a forcément été numérisé depuis"...

Tu parles, Charles ! Ces gens-là avaient d'autres chats à fouetter. Alors, qu'un certain Thomas Samsa fasse appel à eux pour une recherche si incongrue, ça a dû les faire sacrément se bidonner... J'ai quand même reçu une réponse mais une réponse-bateau où on me disait que la recherche n'avait pas abouti !

Rétrospectivement, je les comprendrais presque... Grégory à qui j'avais raconté cette mésaventure avait d'ailleurs douché mes espoirs en affirmant – Tom a encore fait le signe des guillemets – que "ce serait étonnant que ta mère, ayant seule reconnu ses enfants, ait pu avoir droit à une pension quelle qu'elle soit de la part d'un type avec qui elle n'était même pas mariée." Selon lui, cette histoire pourrait n'être au final qu'une "mauvaise excuse" de notre mère pour justifier notre "abandon". Peut-être.

Nous avons d'abord tous été placés à la campagne, à Chazilly (c'est un petit village de Bourgogne, en Côte d'Or) en novembre 1962... D'un garni de Montreuil donc à un patelin dans la campagne à trois cents kilomètres de Paris. Et pour quelle raison, Montreuil ? Pourquoi dans un garni ? Ça, je n'en saurai jamais rien non plus... Sortis d'un garni, disais-je, et (je cite à nouveau de mémoire le rapport de police), "dans un état de misère crasse"...

Voilà. En tout cas, la boucle était bouclée. Échec auprès de l'administration.

Autre certitude : fin des années 60, notre mère a demandé à ce qu'on lui rende ses enfants. Deux lettres pathétiques bourrées de fautes d'orthographe l'attestent. Adressées au directeur de l'Assistance Publique à Paris... Pour un résultat nul, bien sûr... À mon avis, il est même fort probable que la "mauvaise mère" a tout simplement été rembarrée comme une vulgaire malpropre, lors d'un simple appel téléphonique peut-être – pensez donc, une femme dénaturée à qui on a retiré ses mômes ! – sans pouvoir plus jamais avoir les moyens de faire valoir son droit à les récupérer.

Je me souviens qu'un jour, la mère Guillemin, la première "mamie" que nous avons eue, celle de notre tout premier placement (à Chazilly donc) – une crème !... dommage qu'on ne nous ait pas placés là-bas définitivement, ça nous aurait épargné bien des souffrances !... – que la mère Guillemin donc, chez qui nous vivions depuis un an et demi peut-être, avait eu la visite inopinée d'une "grande dame", (c'était sa façon de dire à elle ; je revois encore la silhouette de la femme en question dans l'encadrement de la porte) qui s'était présentée pour nous voir, nous, les enfants… S'agissait-il de Georgette ? Si tel était le cas, je suppose que cette visite a été la toute dernière de notre mère. Mamie Joséphine l'a-t-elle mal reçue, la condamnant aussi à l'opprobre éternel ? Je suis incapable de le dire, j'étais trop petit pour me souvenir. Mais ça ne m'étonnerait pas plus que ça. La mentalité de l'époque, vous savez...

Toujours est-il qu'à partir de là, notre génitrice a disparu une bonne fois pour toutes de nos vies. Impossible de remonter plus haut. Et puis, de toute manière, Greg n'avait pas de mandat officiel pour pousser les choses plus loin. Alors il a bien fallu que je me contente de ça. Fin des recherches.

Et donc, des années plus tard, six mois après la mort de mon fils, voilà que resurgit ce besoin cuisant de savoir ce qu'elle était devenue, où elle pouvait peut-être *encore* vivre ? À plus ou moins 75 ans, la chose n'avait rien d'extravagant, après tout... Un vrai accès de fébrilité m'avait alors à nouveau saisi, un genre de prurit effrayant ! Je me revois en train de compulser une fois encore le dossier, de brasser toutes les photocopies que je possédais, me grattant la tête à la recherche d'une information qui aurait pu m'échapper les années auparavant – mais rien ! Rien là non plus. Je m'attendais à quoi ? À une révélation soudaine ? À mettre le doigt sur un élément majeur que j'aurais loupé à l'époque précédente ?

Il fallait néanmoins que je sache, que j'apprenne quelque chose… que l'obscurité dans laquelle je baignais depuis si longtemps se déchire enfin. De ce fait, j'ai agi un peu comme un dingue : je suis retourné à Chazilly – eh oui ! tant d'années après ! –, à la mairie notamment où on ne m'a pas été d'un grand secours... puis jusque devant la maison de la mère Guillemin, maison à ce point transformée par des tas d'annexes qui n'existaient pas pendant mon enfance que j'en ai été plutôt choqué. Bien évidemment, les occupants des lieux chez qui j'avais malgré tout sonné avaient été bien incapables de m'apporter aucun renseignement sur ceux qui vivaient là jadis – ils ne savaient rien. Étaient sincèrement désolés de ne pouvoir m'aider. Ils ne mentaient pas, leur visage compatissant étant suffisamment éloquent pour que je constate leur sympathie inutile... Je suis bien sûr allé, incroyablement ému, le cœur battant la chamade, me recueillir sur la tombe de la mère Guillemin. Ça me faisait du bien de me tenir là devant la sépulture de mamie Joséphine en même temps que j'avais mal à notre passé…

Je suis retourné voir les administrations. J'ai questionné, ressassé les mêmes interrogations, essayant de savoir, de faire dire, de creuser toujours et davantage... Ils ont dû me prendre pour un sacré cinglé... "Pourquoi ? Comment ? D'où tenez-vous ce renseignement-là ? Qu'est-ce qui vous fait penser que ?..." Etc. Etc. Etc. Vous voyez le tableau ! Ça devait être foutrement agaçant pour ces pauvres agents qui m'ont aidé comme ils le pouvaient alors qu'en réalité, moi, ce que j'attendais d'eux, c'était un miracle...

Après ce long résumé, Tom Samsa s'est alors tu, songeur. Un vague sourire sur les lèvres – mais un petit sourire navré –, il me regardait en opinant du bonnet, avec lenteur, comme s'il constatait devant moi la fatalité de son échec... Ainsi va la vie... Attente, espoirs douchés, ratages en tout genre – chiennerie caractérisée...
– Je demande une autre bière ?
– Non, merci.
– Vous avez donc dû laisser tomber ?
– Hum, hum !… bien obligé ! même si ma mère restait quand même une fichue obsession. Je pense que si j'avais continué à m'enfoncer de la sorte, j'aurais sûrement fini par devenir clodo... ou cinglé... ou même les deux à la fois, jusqu'à ce qu'on me débusque mort sous un pont comme périssent les mendigots !

Je ne sais pas combien de temps j'ai rongé mon frein après cet échec – un mois, peut-être, deux mois ? Toujours est-il que très vite, dans la foulée, l'envie folle de traquer le responsable des viols perpétrés sur mon frère s'est comme qui dirait substituée à celle de remettre la main sur ma mère disparue !... Incroyable, non ? Comme si ma colère bifurquait.

Pour quoi faire, me direz-vous ? Surtout tant

d'années après !... *Pour quoi faire ?* Alors là, pas la moindre idée. Seul m'obnubilait ce qu'il avait pu devenir, ce fumier-là. Rien d'autre. J'agissais un peu comme un drogué, trop attaché à sa dépendance pour être en mesure d'en analyser les racines.

À deux tables de nous, une fillette en robe de vichy jouait avec des cartes *Pokemon* sur le plancher du café, toute seule, comme une grande petite fille bien sage. Elle se parlait à elle-même, faisait les questions et les réponses ; ses parents – un couple de trentenaires hollandais en *Birkenstock* et tenue d'été – buvaient des diabolos menthe en bavardant tranquillement. D'autres clients avaient remplacé les précédents. Des effluves de café flottaient toujours dans l'air et le bruit du journal qu'on feuillette (un papy seul à une table devant un verre de rouge) apportait une touche de sérénité agréable à l'atmosphère du lieu. Tom Samsa s'est mouché avec lenteur avant de me questionner, un peu confus :

– Je parle beaucoup de moi, non ?

– Oh ! ne vous excusez pas !... Vous savez, si je suis ici avec vous, c'est surtout parce que le démon de la curiosité s'est emparé de moi (la formule l'a fait sourire) et que, moi aussi, au bout du compte, j'avais besoin de savoir... C'est comme si votre histoire éclairait également un peu une part de la mienne... Vous comprenez ce que je veux dire ?

Il s'est contenté d'acquiescer, avec toujours,

sur son visage, cet air rêveur ou plutôt, non : détaché ! oui, « détaché » serait l'adjectif le plus approprié pour qualifier l'impression qu'il me donnait à voir. J'avais le sentiment que revisiter son passé lui faisait beaucoup de bien, que c'était *ça* précisément qui l'avait poussé à prendre contact avec moi – ce besoin de revivre, par la parole, un souvenir que nous avions en commun.

– Maintenant que je me penche à nouveau sur ce passé-là, je ne comprends même plus comment j'ai pu glisser de la sorte sur cette pente folle ! Il fallait que je sois fichtrement malheureux. Oui, c'est étrange comme le décès de mon fils a pu me conduire à de telles... (il a cherché deux secondes durant le terme adéquat) à de telles extrémités ! Vous savez, j'ai été plutôt heureux avant la disparition de mon Guillaume et ce, malgré la perte de mes frères, et même aussi malgré l'expérience Drambour. Eh oui !...

Tom s'est interrompu comme s'il n'avait plus assez de carburant pour faire fonctionner le moteur de ses souvenirs avant de reprendre mais sur un mode mineur :

– Ah ! ça, oui ! j'y ai cru à la possibilité du bonheur, à cette résilience si souvent évoquée, de nos jours, à la télévision. Pensez donc ! une femme, un enfant, une belle maison... et la cicatrice qui se refermait enfin sur la blessure initiale… Mais, comment dire ? Avec la guigne, certains en prennent pour perpette ; je devais être l'élu !

Sa chute m'a fait frissonner. Je n'ai pas eu d'enfant mais je n'osais imaginer la douleur d'en avoir perdu un.

Trois hommes parlaient un peu bruyamment et riaient à l'occasion au fond de la salle tout en se lançant des vannes.

– Et si nous sortions nous dégourdir les jambes ? proposai-je spontanément.

J'avais besoin de mouvement. Et d'air aussi pour entendre la suite car, avec les derniers mots de Tom, l'atmosphère autour de nous m'avait paru d'un coup plus dense, comme chargée d'une espèce de touffeur désagréable – l'air du dehors nous ferait du bien. J'ai tenu à payer toutes les consommations cependant que Tom, debout, m'attendait, main sur la poignée de la porte, tourné côté rue. Une fois dehors, j'ai vu qu'il avait emporté avec lui un sac en plastique blanc que je n'avais pas remarqué avant ; sûrement ce sac était-il posé sur le siège à côté de lui ? Je ne saurais le dire... avec probablement un livre à l'intérieur... Bref ! qu'importe ! Nous étions dehors donc. « Par ici ? » m'a-t-il demandé d'un petit geste de la main. « Par ici », ai-je confirmé en acquiesçant d'un hochement de tête silencieux. Et nous avons commencé à remonter la rue sans nous presser.

Nous avons contourné une vieille Citroën Saxo rouge dont il a ouvert la portière avant pour y chercher un paquet de mouchoirs en papier...

– Vous savez, je l'ai achetée il y a douze ans

en arrière. Avec elle, j'ai reparcouru tous les chemins de mon passé !

Il a dit ça sur un ton enjoué, guilleret, comme s'il s'était agi d'une anecdote savoureuse. Puis, le timbre de sa voix redevenant plus grave :

– Dommage que ce ne soit pas la DeLorean de *Retour vers le futur* !

Sa réflexion lui a tiré un petit sourire mi-déconfit mi-amusé.

– Dommage, en effet ! ai-je renchéri.

Nous respirions la brise légère qui coulait alors entre les murs. Des boutiques montaient des parfums variés : celui du pain tout droit sorti du four devant chez un boulanger ; celui vert et cru des pots de roses et des lys coupés devant chez le fleuriste ; celui sursaturé de produits chimiques exhalé d'un coup par la porte soudain ouverte d'un salon de coiffure... Des gens flânaient devant et derrière nous. C'était une belle journée de fin de printemps.

Je me suis éclairci la gorge :

– Et vous disiez qu'après avoir recherché votre mère – sans succès –, c'est à la chasse au Drambour que vous êtes parti ?

– Mmm... mmm... Tout à fait.

Ma formule lui a tiré un sourire amusé.

– Oh ! comme je vous le disais tout à l'heure, sans idée préconçue ! Pour quoi faire ? Le revoir pour lui cracher à la figure ? le gifler ? lui balancer ses quatre vérités à la gueule, à ce salopard ? Pour l'avoir devant moi, rien que dix secondes, entre quat'z'yeux, comme on dit, et pouvoir lui gueuler dessus : "Alors, mon salaud, tu me remets ? Tu vois pas qui je suis, hein ? Samsa ! Tom Samsa, le frère du gamin que tu tripotais quand t'avais trente ans et que tu détruisais à petit feu, espèce d'ordure ! Nino, mon frère Nino..."

Il avait haussé le ton, le débit de sa voix s'était accéléré.

– Euh, excusez-moi ! Je m'emporte. Mais quand je revois ce type... ce type... là, comme en face de moi... c'est cette envie de foutre des coups, de tuer, d'insulter qui m'assaille. Et dire qu'enfant, je n'ai même pas tremblé en versant les gouttes... mais euh ! oui, ça, c'est autre chose...

Et là, Tom s'est arrêté net, comme coupé dans son élan. Une grosse ride barrait son front. Il avait l'air de scruter quelque chose d'infiniment lointain au bout de la rue, de le héler en silence mais avec douleur, à un point tel que moi-même j'avais comme l'étrange impression d'en ressentir l'écho jusque dans ma propre chair...

Puis revenant à lui :

– Oui, c'est pourtant vrai : il fallait que je remette la main sur lui mais tout en ignorant pour quoi faire au bout du compte ! Ça, je peux vous le jurer...

Il m'a regardé dans les yeux comme s'il cherchait un assentiment de ma part. J'opinais du bonnet, concentré – ce qui l'a encouragé à poursuivre :

– Et pourtant ! a-t-il repris *sotto voce*, et

pourtant, figurez-vous que, tout le temps que j'ai consacré à cette recherche, je me suis quand même trimbalé avec un cutter dans la poche... Eh ouais ! un cutter ! Vous vous rendez compte ! Dire que j'aurais pu lui trancher la gorge, à ce cochon ! (Il a pouffé.) C'est peut-être qu'en tout homme sommeille un assassin en puissance ? Mais malgré ça, je vous jure, je n'ai pas l'impression de l'avoir prémédité... J'agissais en somnambule... Toujours ce drôle de brouillard dans ma tête... C'est incroyable parfois ce qu'on peut être opaque à soi-même... M'ouais !

Il a encore réfléchi deux secondes avant de continuer à parler mais sur un ton plus factuel cette fois-ci, avec le débit du subalterne de police qui fait son rapport à son supérieur, dénué de tout affect, pour le coup :

– Alors, pour commencer, quelle meilleure solution que de revenir sur les lieux du crime, n'est-ce pas ? Je n'ai même pas réfléchi : je suis parti comme ça, ce jour-là, porté par le seul besoin de chercher... Ce qui fait que, zou ! me voilà en route pour D., direction rue Neuve-Bergère, cette fameuse rue Neuve-Bergère de mes dix ans où nous avons vécu l'espace d'un an et demi, mes frères et moi. Je me revois, le cœur tout palpitant, garer l'auto à quelques numéros du 43 (adresse des Drambour) ; me planter devant leur grille (inexistante en 1967) ; humer l'air tout autour... Je me revois en train de me repasser le film de nos galopades pour l'école... Et cette odeur ! Cette odeur qui n'existait cependant plus que dans mes souvenirs... la fumée des poêles à charbon mélangée à celle, amère, d'une rangée de thuyas le long du mur de la maison d'à côté... La maison, les dépendances – tout ça n'avait pas beaucoup changé dans l'ensemble même si des fenêtres blanches en PVC avaient remplacé les anciennes d'alors en bois gris. Et qu'un toboggan en plastique rouge occupait un bon morceau de la courette... C'était plus petit que dans mon souvenir. Quant à notre cagibi – oui, le fameux cagibi contigu à votre atelier ! –, ce n'était pas pratique de bien le voir depuis la rue, je devais me tordre le cou pour réussir à n'en choper qu'un bout de mur... Je ne vous dis pas l'émotion ! Et puis, allez, là ! hop ! ça a été plus fort que moi : il a fallu que j'entre pour mieux voir... Il n'y avait pas de loquet. Le portillon a un peu grincé sur ses gonds. J'avais peur qu'on ne me découvre pour me chasser aussitôt. Tant pis ! J'y vais quand même... J'étais totalement seul à ce moment-là... Et c'est comme ça que j'ai pu faire le piquet, je ne sais pas, je dirais bien trois minutes devant ce cagibi. Sans bouger. Cagibi dont la porte, hélas, était fermée à clé... et même bien fermée sur notre passé... Nos petits fantômes devaient encore y habiter ! Je me faisais cette réflexion quand j'ai entendu quelqu'un s'avancer avec lenteur derrière moi (j'avais laissé le portillon grand ouvert) :

"Vous cherchez quelque chose, monsieur ?"

Interloqué, je me suis figé deux secondes. Celle qui m'interpellait de la sorte, c'était une mamie d'au moins quatre-vingts ans qui rentrait chez elle, fichu sur la tête, remorquant un trolley à courses d'où dépassaient des poireaux...

"Euh... Excusez-moi, madame, excusez mon intrusion mais voilà... Comment vous dire ? Je me suis permis d'entrer... Figurez-vous que j'ai vécu ici dans mon enfance. Je voulais revoir la maison, la cour… les lieux, quoi !"

Elle dodelinait de la tête sans rien dire.

"Euh... Vous voyez, je n'ai pas pu résister... J'avais dix, onze ans à l'époque. Les gens qui vivaient ici s'appelaient Drambour – vous les avez peut-être connus ?"

"Drambour, vous dites ? Hum !... non, ça ne me dit rien. Vous savez, je ne suis arrivée ici qu'en 1979. Bien du monde a dû passer par là avant..."

"Et la maison alors ?" (Je désignais celle de Germain et Janine.) D'un mouvement de tête vif, elle m'a signifié que non, non, ce n'était pas ici qu'elle-même logeait mais dans l'annexe, par derrière ; elle a pointé du doigt le passage qui donnait sur la porte où Francisque Drambour s'était éclipsé le jour où il avait voulu échapper à sa visiteuse importune :

"Moi, c'est dans la maisonnette du fond que je vis. Elle a été transformée en logement par mon fils il y a bien des années ! La maison, comme vous le voyez… (elle disait ça à cause du toboggan en plastique rouge) est louée par un tout jeune couple... Malheureusement, je ne sais rien des habitants d'avant."

Je l'ai bien remerciée avant de me retirer pour me repaître encore à loisir (mais depuis le trottoir) du spectacle de ces lieux pourtant familiers. Comment dire ? Là encore, j'étais heureux et déçu à la fois – et pas complètement dupe non plus ! Dans le fond, je savais bien que je n'obtiendrais aucun renseignement sur les Drambour ; ça remontait à trop loin en arrière... Pourtant je ne regrettais pas le déplacement – ah ! ça non, alors !

Il a lâché une espèce de petit gloussement en prononçant ces mots.

Nous venions de dépasser la petite courbe qui termine la rue du Marché pour déboucher sur la placette d'où part la rue de la Foire, d'un côté, et, de l'autre, la rue Danton dont nous entamions la montée quand une idée m'est venue comme ça, au débotté :

– Dites ! Nous voici à même pas trois minutes du cimetière, ça vous dit d'y aller ? Vous allez voir, c'est un beau cimetière en pente douce depuis lequel on a la chance d'avoir un panorama magnifique sur la ville...

Comme il ne disait pas non, nous avons donc pris cette direction. Sitôt la grille franchie, je l'ai fait bifurquer derrière l'église, à gauche. Le gravier crissait sous nos pas. Des hirondelles lançaient leurs trilles tout en fendant l'air au-dessus de nos têtes.

– Là, ai-je commenté, c'est l'église Saint-

Saturnin, avec son clocher tout habillé en bardeaux de sapin, me semble-t-il... et ici, la tombe de François P'...

– Le sculpteur animalier ? m'a-t-il alors interrompu.

– Exactement !

– Oui, j'ai vu ses sculptures sur Internet...

Des tombes anciennes coulaient du haut du cimetière en une sorte de vaste chaussée de tables de pierre toutes tapissées de mousse et de la patine des siècles ; l'endroit était grandiose et calme en même temps. Agrémenté de grands arbres...

– C'est cocasse d'avoir couronné la stèle de son épouse défunte d'un casoar en bronze !

Rêveur, Tom Samsa détaillait la tombe du sculpteur de l'œil tranquille d'un amateur de vestiges antiques.

Puis nous avons repris notre promenade. À petits pas, comme deux papys en train de deviser. Par le chemin de droite. Le haut du cimetière face à nous...

– Et vous disiez que la grand-mère ne vous a pas éconduit ?

– Non, non, elle a été très gentille, sans doute un peu surprise quand même de découvrir un inconnu planté là dans sa cour ! De toute façon, qu'est-ce que je pouvais faire après ça ? Rien de plus. Je me suis quand même payé le luxe de sonner aux trois sonnettes les plus proches ; chou blanc ! ou presque : une seule personne a répondu en tendant timidement la tête à travers sa porte entrouverte... Je lui ai expliqué la raison de ma présence ; le bonhomme – un mec de soixante ans à vue de nez – n'a bien sûr rien pu m'apprendre. Quant à la sonnette de la mère Vaquier... *notre mamie Vaquier* (j'ai senti beaucoup de tendresse dans cette manière de dire), elle avait l'air de ne pas fonctionner. Mais bon, il fallait s'y attendre, je le répète... Je ne vous dis pas la charge émotionnelle à frôler de si près notre enfance. J'étais remué et malheureux tout ensemble, comme si j'avais espéré un miracle de ce retour vers le passé. On est vraiment con, des fois, non ? Vous ne pensez pas ?

Oui, j'étais d'accord avec lui. Son récit me renvoyait, comme par ricochet, à des images de courses échevelées, de jeux dans des prés couverts de boutons d'or, de nuques en sueur d'avoir trop couru, de shorts à bretelles sur de blanches cuisses de grenouilles, de crans de chocolat Menier sur des tranches de pain blanc dévorées avec des faims d'ogre – tout ça m'est revenu en mémoire, l'espace d'une demi-seconde, en un flux aussi magique que violent ; le temps d'un éclair, moi aussi, j'ai eu mal à mon enfance. Je me sentais étrangement ému, touché au cœur, vaguement désespéré... Tout ce temps qui fout le camp en vous abandonnant sur la route !

Mes yeux erraient au-dessus des tombes vertes pour s'égarer au-delà du mur d'enceinte ; de la forêt dense encerclait le bourg endormi :

– Vous voyez là-bas ? C'est la basilique Saint-Andoche. Entourée du troupeau des toits bruns.

Ce spectacle possédait un je-ne-sais-quoi d'infiniment reposant. Nous continuions à gravir la faible pente qui allait jusqu'au carré des militaires. Quelques cyprès fusaient vers le ciel.

– Et qu'est-ce que vous avez fait après ça ?

– Après ? Oh, c'est bien simple, sans même y avoir réfléchi, je me suis spontanément rendu jusqu'au centre hospitalier où Drambour avait été transporté à l'époque. L'établissement existe toujours ; il se situe sur les hauteurs de la ville. Mmm, mmm... j'ai filé comme ça, sans avoir rien préparé non plus qui justifierait la légitimité de ma demande d'informations auprès des entrées, il faut bien le dire... Ce qui s'est soldé par un échec, bien sûr ! Tu parles ! un type qui déboule comme ça sans s'être fait annoncer, qui pose des questions sur un autre type admis là en urgence quarante ans auparavant et tout ça, sans même être de la famille ! Autant dire que j'ai été expédié ! J'ai quand même un peu gueulé, la frustration étant trop forte mais bon ! quand j'ai compris qu'ils allaient faire appel à leur agent de sécurité, je me suis barré...

Puis après... Après ? Quoi, après ? Hum ! oui... je me souviens. Penaud, je suis rentré chez moi. Pour me prendre une biture du tonnerre de Dieu !

Ouais, je me suis pinté mais alors pinté

comme pas permis. Une de ces murges ! J'ai dû ne pas dessoûler pendant au moins deux jours ! Et puis quoi après ? Et puis, ça faisait peut-être une semaine que je fonctionnais au radar quand on sonne à ma porte. C'était le fils des voisins, Kevin – un bon petit gars – qui me rapportait une truelle que j'avais prêtée à son père (tous les deux remontaient une murette derrière leur pavillon). Je ne devais pas être très beau à voir – et, avec ça, sûrement une haleine de chacal !

"Vous allez bien, monsieur Samsa ?
– Oui, merci, mon grand. Et toi ?"

Il s'est posé cinq minutes pour bavarder avec moi. Et là, connement, voilà que je me mets à chialer devant lui ! Le pauvre, j'ai dû lui foutre un peu la trouille... avec tout ce désespoir étalé !

Il a d'abord un peu paniqué avant d'aller, de son propre chef, me préparer un café dans la cuisine. C'était gentil de sa part. Et très adulte aussi. Il me parlait doucement comme à un grand blessé. Ça m'a incroyablement apaisé. Un peu de temps a passé. Il se contentait de siroter son café. Sans rien dire. Sans chercher à me questionner non plus... Oui, un enfant sacrément intelligent – et intentionné. Je ne sais pas pourquoi mais, de l'avoir là, sous la main, si attentif, si calme, voilà que je lui balance tout de mon histoire, de mes recherches vaines... tout... bribes par bribes puis de plus en plus volubile, sûr de moi ; il avait l'air très ému.

"Tu sais, je suis très nul en informatique...

Internet, Google, les recherches en ligne – tout ça, quoi ! c'est pas trop mon truc..."

Il avait bien pigé que ce que je cherchais désespérément, c'était une piste, un fil à tirer qui me conduirait à Drambour :

"Je peux regarder pour vous, si vous voulez bien ?"

Je l'ai donc laissé s'installer devant l'ordi. Pendant ce temps-là, je ne sais plus ce que j'ai trafiqué... Je crois lui avoir, à mon tour, préparé un autre café. Bref, on était occupé chacun de son côté quand, badaboum ! voilà que Kevin m'appelle :

"Tenez, monsieur Samsa, regardez ce que j'ai dégoté."

Tu parles ! C'était un jeu d'enfant pour mon gaillard que de dégoter l'adresse et le téléphone de tous les Drambour de la toile ! Il était tout content de lui, certain de me faire plaisir. Pour être honnête, je dois ajouter que j'avais moi-même déjà effectué ce genre de recherche bien avant ce jour-là mais... euh, comment dire ? sans avoir pour autant poussé les choses très loin. Comme si une espèce de barrière invisible m'empêchait d'aller au-delà... Je "calais" à chaque fois en me disant que je verrais ça un autre jour... Je crois que j'avais peur d'aller plus loin en réalité… que la possibilité de revoir Francisque Drambour "pour de vrai", comme le disent les gamins, c'était encore au-dessus de mes forces. Même à quarante ans passés !

Mais là, vu les circonstances, sans doute que

des digues intérieures avaient sauté ?

Après ce qu'il faut bien appeler un genre de déblocage provoqué par Kevin, tout est allé très vite : il a simplement suffi de partir à la pêche – j'ai appelé tous les Drambour de la liste, prétextant une recherche de parenté dans le cadre d'une dévolution successorale... Bref, le big bobard, quoi ! Vous voyez le genre ! Je vous passe les détails. Sachez simplement que ce n'est qu'après six appels de cette sorte que j'ai enfin obtenu du concret ! Eh oui ! que six ! Tout bien considéré, ça a été étonnamment facile. Heureux encore que c'est Drambour que je recherchais et pas Dupont ou Durand ! Vous imaginez un peu : dix-mille coups de fil à passer ! Infaisable ! Mais là, avec "Drambour", ça a été du gâteau ! Enfin, bref... Au sixième appel, je me souviens, c'était une voix jeune au téléphone, un gars entre vingt et trente ans, je dirais... Je venais de terminer d'une traite mon petit laïus préfabriqué sur le pourquoi de mon appel quand il y a eu un blanc de deux secondes au bout du fil. J'ai senti la surprise du mec de même que son hésitation à me répondre avant que, hop ! comme si une illumination lui traversait l'esprit, il me lâche : "Ah ! oui ! le cousin 'Franfri' que vous voulez dire ? Euh, excusez mais c'est comme ça que l'appelait mon père quand il parlait de lui... Waouh ! Mais c'est qu'il doit être vachement vieux aujourd'hui ! Ça fait un sacré bail que je n'avais pas entendu prononcer son nom..." Etc. Etc. Je vous fais grâce de la suite. Il se trouve que le mec que j'avais au téléphone était un petit, petit cousin de Drambour ; qu'il n'avait dû être en présence de ce fameux cousin "Franfri" que deux fois dans toute son existence durant son enfance (au point de ne plus se souvenir de sa tête) ; que sa famille l'avait perdu de vue depuis un "sacré bout de temps" mais surtout – et c'était là l'information cruciale – qu'il avait été placé dans un EHPAD il y avait "au moins trente piges de ça"…

"Et vous ne sauriez pas où, par hasard ?"

Vous me croirez si je vous dis que je tremblais comme une feuille en posant la question ?... "Euh... à Auxerre, il me semble..." Le gars s'est encore creusé la cervelle trois secondes, remuant ses vieux souvenirs avec peine (j'entendais quasiment le bouillonnement de son crâne tandis qu'il cherchait) pour enfin me lâcher : "Oui, oui, c'est ça : à Auxerre, dans un ancien couvent de bonnes sœurs..."

Bingo ! Ah ! le coup de gong dans mon cœur que ça a été ! Le mec venait de me donner tout ce dont j'avais besoin... Il n'y avait plus qu'à appeler tous les EHPAD d'Auxerre et le tour était joué !

– Et c'est ce que vous avez fait donc ?

– Tout à fait ! Trois ou quatre appels (il n'y en a pas tant que ça, des EHPAD, dans la ville) et hop ! je le tenais, mon coco…

J'ai bien senti combien le récit du succès de

sa quête réveillait en Tom une espèce de joie animale, à telle enseigne, au demeurant, qu'il avait subitement accéléré son pas sans même s'en rendre compte.

Nous étions arrivés en haut du cimetière, de là où on peut admirer le plus beau panorama du bourg, avec sa cuirasse de toits en tuilettes de Bourgogne comme autant d'écailles d'un gros dragon endormi. Saint-Andoche aux murailles moussues couleur de bronze s'élançait vers le ciel ; dans les grands chênes non loin de nous, des croassements de corneilles – sur nos visages, une brise douce. Saint-Saturnin tout en bas de la montée...

– Alors, quelques jours après, j'y suis allé.

La voix de Tom Samsa s'était à nouveau assombrie. Devant moi, je le voyais refaire le chemin à l'envers – le chemin vers ce sale type que le hasard l'avait un jour amené à côtoyer...

– Vous savez, lorsque je me suis pointé à l'accueil de l'EHPAD, je n'en menais pas large. Je me rappelle : je m'étais présenté comme un petit cousin de passage qui, après l'avoir perdu de vue, venait dire bonjour à son vieux tonton Francisque... Les mines attendries de la dame à l'accueil !... "Oh, c'est vraiment une bonne nouvelle... Vous savez, monsieur, je travaille ici depuis presque dix ans et c'est la première fois que je vois quelqu'un de la famille de ce pauvre monsieur Drambour passer le voir !" Elle m'a alors conduit jusqu'à la chambre de Drambour où celui-ci était assis, tout voûté, somnolent dans un fauteuil. Il était de dos, face à la fenêtre. La dame s'est alors penchée sur lui pour lui crier à l'oreille : "Monsieur Drambour, regardez qui est là ! Votre cousin Thomas ! Il est venu vous voir" et là, toute contente, elle m'a fait un grand sourire avant de me laisser seul avec lui...

Oui, j'y étais enfin... J'y étais. Et pourtant me voilà subitement pétrifié, incapable de réfléchir à ce que j'allais faire... Je ne peux même pas dire que je repensais à mon fils ou à mes frères, non, c'était plus confus que ça. Il y avait juste ce sentiment d'incrédulité… plus même, de stupeur d'être en présence du *croquemitaine* de mon enfance... et mon cerveau qui travaillait, qui travaillait à une vitesse folle... si bien qu'à un moment – je suais vraiment comme un bœuf –, tout en portant ma main à ma poche de veste pour en sortir un *Kleenex*, c'est sur le cutter que je tombe ! Je l'avais oublié, celui-là ! Je vous le jure, je ne savais même plus que je l'avais mis là avant mon départ...

Tom a alors ralenti son débit comme si une chape de fatigue lui tombait sur les épaules. Arrivés au carré des militaires, nous nous sommes assis sur un banc. Je l'observais qui scrutait l'horizon comme s'il y cherchait, loin, très loin, ses souvenirs agrafés.

– Il était donc de dos, assis dans son fauteuil face à la fenêtre qui donnait sur le parc. Je ne voyais dépasser, au-dessus du dossier, qu'un peu de sa nuque grise et dégarnie de même que le haut de son crâne qui tremblotait doucement, de ce tremblement caractéristique des vieillards atteints de sénilité. La dame de l'accueil m'avait en effet averti que Francisque Drambour ne parlait plus depuis plusieurs années et que, très vraisemblablement, ne comprenait rien non plus de ce qu'on pouvait lui raconter (ou plus grand chose, à tout le moins). Mon cœur s'était serré en entendant ces paroles. L'homme à qui je brûlais de demander *pourquoi* – cet homme-là ne saurait même pas me répondre !... Sur le coup, comme frappé par cette ironie amère de l'existence (à aucun moment je n'avais envisagé un semblable cas de figure), je me voyais là bêtement à regretter de n'avoir pas agi plus tôt. Trop tard ! La vie vous laisse ainsi souvent dans la bouche, comme pour toute désillusion, une désagréable saveur d'inachevé.

Je tire une chaise pour me coller à son oreille. Et puis voici que – contre toute attente, sans même que j'aie vu venir ! – je me mets à lui parler, parler, parler... Je n'arrivais plus à m'arrêter. Je ne sais plus bien tout ce que j'ai pu lui dire... Mais je lui ai parlé, parlé – parlé de moi, de mon enfance, de mes frères, de nos nombreuses familles d'accueil, de mes recherches, du poids affreux de l'incertitude, de ce qu'il avait fait subir à Nino en insistant avec lourdeur sur le caractère odieux de ses actes de jadis.. "Vos dégueulasseries !" que je lui ai répété au moins dix fois sur un ton sifflant – "Vos dégueulasseries !"... Je crois que ce sale mot-là, je le lui crachais avec rage au creux de l'oreille tandis que je pleurais aussi, je n'ai pas honte de le dire. Comprenait-il, ce vieillard, les paroles que cet étranger déversait en un flux aussi nourri qu'intarissable à moins de trente centimètres de son oreille de vieux loup chenu ? À moins de trente centimètres avec, qui plus est, un cutter prêt à servir dans sa poche ? Je ne saurais le dire. Toujours est-il que j'avais l'impression d'être un tout petit môme perdu face à ce vieil homme, ce vieil homme qui était pourtant bien le putasson de mon enfance mais comme enveloppé dans une gangue épaisse de silence et de vieillesse inconcevable... C'était bien le même homme... mais si peu en même temps ! Quand je repense à ce moment extraordinaire, je me vois comme une espèce de fontaine désolée qui perdait toute son eau en une seule fois. Combien de temps cette étrange... cette étrange... comment appeler ça ?... "confrontation" ?... Combien de temps cette confrontation a-t-elle pu durer ? Une, deux heures ? Impossible de le dire. Mais je me sentais ivre et moulu, plein d'espoir et anéanti tout à la fois. Jusqu'à ce qu'un truc stupéfiant se produise... J'avais à maintes reprises prononcé le nom de notre rue d'antan : rue Neuve-Bergère... rue Neuve-Bergère... et aussi plusieurs fois le prénom Nino... Nino-Nino-Nino... Nino par-ci, Nino comme ça... Nino et Ben également... tout en me tenant penché vers ce vieil homme si proche de la mort, lorsqu'en répétant pour la énième fois le prénom de mon petit frère, Nino, très doucement, presque avec timidité, l'horrible Francisque Drambour, devenu momie, a attiré ma main droite à lui, avec d'infinies précautions, cette main posée sur l'accoudoir gauche de son fauteuil, pour enfin y déposer ses lèvres sèches en un baiser furtif.

Cette ordure de tonton Frac pleurait.

Quelque chose s'est coincé dans la gorge de Tom Samsa à cet instant précis de son récit. J'ai tourné mon visage dans sa direction. Il était assis à seulement quarante centimètres de moi : il pleurait en silence.

Moi, je me taisais, essayant de me faire tout petit, bien conscient que le moindre bruit de ma part briserait ce moment incroyablement dense que nous vivions là tous les deux. Il lui a fallu plusieurs secondes avant qu'il ne se ressaisisse. Nous étions toujours seuls parmi les tombes et le ciel d'un bleu pur commençait à se voiler par le nord :

– Voilà. C'est comme ça que ça s'est terminé ; je suis parti comme un voleur. Sans demander mon reste. Rien ne s'était passé – et pourtant *tout* s'était passé. Je crois bien que c'est à partir de là que ma vie a pris une nouvelle direction... oh, rien de bien flagrant au début mais quand même ! Je ne sais pas, il me semble que quelque chose d'infiniment lourd se détachait de moi, comme un genre d'exuvie... Vous savez, c'est comme ça qu'on appelle la peau morte des serpents après leur mue, cette peau qu'ils abandonnent dans l'herbe derrière eux : je crois bien que le vrai deuil de mes petits frères – et de mon fils – pouvait commencer, moi enfin délesté de mon exuvie...

Après ces paroles, je ne savais plus comment reprendre notre conversation. À vrai dire, j'attendais que le mouvement vienne de lui, qu'il rompe cette espèce d'envoûtement qui nous clouait au silence et qu'avaient provoqué ses derniers mots. Heureusement, il n'a pas fallu bien longtemps ; il venait à peine de ranger son mouchoir dans sa poche qu'il s'est tourné vers moi pour me dire :

– On y va ? Il commence à faire frais ici, le fond de l'air est plus humide que tout à l'heure.

Nous avons alors repris notre promenade mais en sens inverse, Tom Samsa tout rêveur à côté de moi. Il regardait les stèles et commentait à l'occasion :

– Oh ! vous avez vu celle-ci ? On dirait que le sculpteur lui a donné de ces drôles de formes comme on en voit sur certaines maisons de Nancy.

En effet, le marbrier avait façonné cette stèle en pierre de Comblanchien dans le style Art Nouveau. C'était original.

Je marchais près de Tom en me taisant quand une question embarrassante m'est venue, difficile à sortir, comme si une barrière me retenait d'y aller franco – une forme de pudeur peut-être ? la crainte d'aborder frontalement le sujet ?... Toujours est-il que nous n'avions pas encore reparlé du médicament dans la boisson de Drambour.

– Et... comment dire ? Comment est-ce que ça s'est passé avec la petite fiole que je vous avais fournie via le trou dans le mur ?...

– Le poison ?

Je ne pus m'empêcher de sursauter en entendant le mot sortir de sa bouche asséné avec tant de netteté : oui, le poison.

Et comme mon petit réflexe de vierge effarouchée ne lui avait pas échappé :

– Eh oui ! il faut bien appeler un chat un chat, n'est-ce pas, parce qu'il s'agit bien de cela ? d'une substance destinée à commettre un crime.

– Hum ! hum ! vous avez raison : que ce soient des gouttes pour le cœur ou des pilules de bêtabloquant, qu'importe dans le fond puisque c'était bien une substance pour se débarrasser de Drambour que je vous avais donnée.

Il a acquiescé en silence tandis que j'attendais qu'il continue de raconter.

– Mais je ne vous cacherai pas que d'avoir raté son assassinat m'a quand même bien soulagé. Je voulais certes qu'il paie, le fumier ! ça, vous pouvez me croire ! et surtout, surtout qu'il disparaisse de nos vies une bonne fois pour toutes... mais pas vraiment qu'il meure pour autant.

– Hum ! je comprends très bien votre état

d'esprit... parce que... parce que moi aussi, ça m'a soulagé qu'il ne soit pas *vraiment* mort.

Je me suis tu comme si cette phrase appelait une pause. Nous cheminions sans nous presser, chacun plongé dans ses pensées, jusqu'à ce que Tom ne recommence à parler :

– À aucun moment, le voisinage n'a jamais évoqué ni décès ni obsèques ; nous ne l'avions donc pas tué… Qu'il soit simplement "hors-jeu" nous suffisait. Avec cette certitude qu'il ne nous ferait plus jamais de mal. Jamais. Voilà ce qui comptait.

– C'est pourquoi, rétorquai-je, je jubilais le jour où je l'ai vu embarqué avec fanfare et trompettes dans cette ambulance qui l'éloignait de vous... Vous ne pouvez même pas imaginer !

– Oh ! que si ! j'imagine tout à fait... Nous avons dû ressentir le même soulagement que vous au même moment... vous de loin ; nous en tant qu'acteurs de cette histoire sordide... Vous savez : nous n'y croyions tellement pas à sa "mise hors service", au putasson, qu'il nous a bien fallu quinze jours avant d'admettre que c'était fini.

Habités par le même souvenir, nous nous repassions le film de ces événements anciens sans plus parler. Tranquillement. Déjà le portail se rapprochait. Le buste en bronze d'un quelconque homme politique de la Troisième République nous tournait le dos, regardant avec intensité, pour toujours, le bas du cimetière et les collines au-delà. Le raclement de nos semelles sur le gravillon donnait à cette fin de balade une note triste et calme, empreinte d'un brin de mélancolie. De la fumée blanche sortait de la cheminée d'une maisonnette à deux pas du mur du cimetière...

Avant de rompre le silence, je me suis éclairci la gorge tant je me sentais gêné d'aborder encore une fois le décès de ses frères :

– Alors, malheureusement, vous êtes le seul à avoir survécu à...

– ... à l'asphyxie – oui ! compléta-t-il dans un souffle, très vite, comme s'il avait voulu expédier cette question douloureuse. Oui, on peut dire ça comme ça, j'ai survécu... le seul survivant.

Il avait proféré ces mots decrescendo pour aboutir à ce constat dans un quasi murmure où résonnait toute l'amertume du monde. Oui, seul, il était demeuré seul... l'unique survivant de cette mort injuste. Seul sans ses petits frères.

Et soudain, inopinément, sans que rien ne le laisse prévoir, il a alors levé son sac en plastique blanc à hauteur de nos yeux :

– Tenez ! Je vous ai apporté ceci...

Avec vivacité, il m'a alors collé le sac dans la main, mouvement accompagné d'un geste tout aussi énergique de l'autre main signifiant : « Non, non, s'il vous plaît, prenez-le simplement mais ne l'ouvrez pas tout de suite ! »

– Vous l'ouvrirez une fois que je serai parti, d'accord ?

Ses yeux pétillaient tandis qu'il sortait ces

paroles nimbées d'une sorte de bienveillance dure et volontaire :

– Je vous prie de l'accepter.

Il implorait presque cette grâce de ma part. Le sac pendouillait tristement au bout de mon bras ; j'osais à peine y jeter un regard.

Tom se contentait de sourire, nez au vent, comme si un drôle de songe le hantait mais un songe agréable.

Nous avons regagné le centre-ville à petits pas. J'étais heureux de cette rencontre. Tom Samsa, de son côté, avait l'air apaisé, satisfait. Plus aucun mot ne fut échangé jusqu'à sa voiture. Seuls les oiseaux dans les branchages et la coulée douce de la brise sur nos visages.

Suite à quoi, nous nous sommes dit au revoir après nous être longuement serré la main. J'avais bien conscience que je ne le reverrais sans doute jamais. Enfin si ! Peut-être... Je n'étais pas très sûr. Qu'importe ! Quelque chose d'essentiel avait eu lieu – quelque chose qui laisserait une marque inoubliable dans nos cœurs…

Ah ! si ! j'oubliais : il y a quand même eu cette dernière question de sa part avant que nous ne nous séparions :

– Au fait, c'est vraiment vous qui avez planté le lilas sur la tombe de mes petits frères ? J'ai toujours cru que c'était une graine portée par le vent…

– Oui, oui, c'est bien moi : aucune invention

littéraire là-dedans !

— Alors je vous en remercie beaucoup... beaucoup. Sincèrement.

Il m'a attrapé la main pour derechef me la presser très fort.

— J'ai demandé à un marbrier de poser un... une pierre tombale et une stèle. D'ici peu, ce sera chose faite, a-t-il ajouté. Alors, si vous repassez par là-bas, vous verrez *leur* monument.

Pause.

— Et puis j'ai demandé au gars de ne surtout pas arracher le lilas. Vous verrez, il y sera toujours.

Après quoi – autre grand sourire– , il s'en est allé pour de bon.

J'ai suivi du regard son auto qui s'éloignait pour disparaître enfin au bout de l'avenue. Avec des sentiments mélangés au fond du cœur – un mélange dont je ne parvenais pas à déterminer l'exacte composition : tristesse ? chagrin ? joie ? impression d'arrachement ?... Je l'ignore.

Qu'ajouter ? Que sitôt parti, j'ouvrais en toute hâte le sac comme le gamin fébrile au lendemain de Noël se dépêche de déchirer l'emballage de son cadeau tant il bout d'impatience d'en découvrir la nature.

Deux objets avaient été déposés au fond du sachet : une photographie dans son cadre ainsi qu'une petite fiole ! Oui, cette même fiole offerte plus de quarante ans plus tôt aux enfants par le bon génie ! Le cliché – une photo scolaire, a priori – montrait les trois frères souriant à l'objectif, tous trois vêtus d'une identique blouse de nylon selon la pratique de l'époque. Photo en noir et blanc, bien sûr. Je ne sais pas comment dire : une envie féroce de pleurer m'a alors comme qui dirait sauté sur le râble. L'espace de trente secondes peut-être, je suis resté là, sur ce bout de trottoir, photo en main, yeux mouillés de larmes, à revoir ces visages perdus (celui de Tom aussi, d'une certaine façon), le cœur comme étreint par un cercle de fer. Tout me remontait du passé semblablement à une vague brûlante, amère, désespérée... Je savais que c'était là le vrai point final de cette histoire. Et que jamais je ne me débarrasserais de cette « chose » à peine concevable qui, un jour, m'était arrivée. J'ai ouvert machinalement le flacon pour en respirer le goulot. Une vague odeur d'amande douce ou de je ne saurais dire quelle fragrance suave s'en dégageait. En remettant le compte-gouttes en place – j'en forçai presque le pas de vis – une envie tout aussi féroce que la précédente (mais contradictoire) reflua dans mon estomac... l'envie de rire, de glousser de bonheur : on l'avait tout de même bien eu, ce fumier de putasson !

Après m'être rapidement essuyé les yeux d'un revers de manche, j'ai replacé le tout dans le sac, un peu perdu dans cette rue que pourtant je connaissais bien. J'ai encore tournicoté devant ma voiture l'espace de dix secondes pour finalement me décider à m'en aller moi aussi. Que faire d'autre ? Il n'y avait plus rien à attendre désormais puisque tout était dit. Alors je suis reparti chez moi avec mon drôle de présent posé sur le siège à ma droite, l'image de Tom toujours comme en surimpression au fond de mon cœur. Je suis reparti chargé de cette part de lui-même.

Je n'ai été que du silence qui écoutait des voix…

Mai 2024